金牌小说

Awarded Novels
长青藤国际大奖小说书系

Malkin Moonlight
一只猫的使命

〔英〕艾玛·考克斯 著 〔英〕罗翰·伊森 绘
黄富慧 译

晨光出版社

前言
PREFACE

迈出第一步

你是否曾经想象过,当自己长大后,要去做些什么来改变世界?或许你想成为一名科学家,发明带大家轻松飞上月球的飞船;或许你想成为一名医生,治好所有复杂的病症;又或许,你想变身超级英雄,随时解救别人于危难之中。

现在,你是否还坚守着当初的理想,是否还在为实现它而努力?还是说,随着自己的成长,面对越来越复杂的世界,你开始感叹自己的渺小,渐渐忘记那些理想?也许对于如何实现自己的理想,你很迷惘。此刻,不妨先放下这个问题,来看一只小黑猫的故事,或许他能告诉你答案。

故事的主人公摩今是一只出身悲惨的小黑猫。他很平凡,平凡到无姓无名,与兄弟姐妹一起被人丢进冰冷的河水中,差点将九条性命全部丢失。他又注定不凡,月亮之神看到了他身上的潜质,发现了专属于他的使命,于是赐予他一个独特的名字,引导他去做该做的事——帮助那些需要帮助的生命。

摩今心中深藏大爱,他于困境中解救了海鸥、天鹅、田鼠等众多生命,无论面对怎样的危险,他都从未想过放弃。与此同时,摩今心中又有专属于自己的小爱,与挚爱相依相守。他也曾想过与挚爱过安稳的生活,但那与生俱来的使命感,总是在不经意间为他敲响警钟。是在避风港里过风平浪静的日子,还是出发去冒险,摩今面临着两难选择。直到他带着挚爱来到新家——一个废品回收中心,关于未来何去何从,他心中终于有了定夺。

废品回收中心里，有舒适的环境、充足的美食，还有友善的同伴，这里的生活富足安逸；而一墙之隔的另一边，则是污水横流、有毒物质泛滥的恶劣环境，还有一群极富攻击性的流浪猫。面对落差如此之大的两种环境，摩今终于彻底领悟到了自己身上所担负的使命——倾尽全力与所有的同类共担风雨，创建一个更加美好的家园。而要想完成这样的使命，即便面临再大的困难都不能退缩，甚至要将自己的生命置之度外。他有选择的余地吗？他没时间回答这个问题，便迈开了第一步……

这是一只猫的成长故事，也是一个关于爱与勇气、责任与担当的故事。这只小猫坚信美好的事物总是会拥有强大的力量，于是选择为美好的生活付出自己最大的努力。与人类相比，他只有小小的身躯，但坚定的信念赋予了他无穷的力量。当你阅读他的故事时，或许会不时地从他身上看到自己。每个人都曾有远大的理想，曾坚信自己身上背负着重大的使命，如果在某个时刻，你因种种阻碍产生了退缩的念头，不妨想想这只叫摩今的小黑猫。是的，这个世界很大，生活中总有种种困难，甚或不公，面对这些，人们常常会感叹自己的渺小，感叹自己力量的薄弱，然而，只要不忘初衷，并为之付诸行动，你便能走得更远一些。

故事开篇这样写道："每一段旅程都需要迈出第一步。"希望这句话能够成为你成长路上的座右铭，无论你现在正面对怎样的困难，先试着迈出第一步吧，像摩今一样用全力去爱这个世界，世界便会回报你更大的美好。

目 录
CONTENTS

第 一 章　我知道你的名字／1
第 二 章　黑夜里有一双眼睛／7
第 三 章　我可以做你的朋友／13
第 四 章　这就是大海／22
第 五 章　世界，我来了／28
第 六 章　一种特殊的力量／37
第 七 章　为打架而生的动物／40
第 八 章　最担心的事情正在发生／45
第 九 章　第二条性命／50
第 十 章　守护的目光／56
第 十 一 章　夜晚的召唤／63

第 十 二 章　奇怪的牌子／68
第 十 三 章　世界已不同于以往／72
第 十 四 章　因为你与众不同／76
第 十 五 章　一块新牌子／80
第 十 六 章　永远在一起／83
第 十 七 章　一股陌生的味道／88
第 十 八 章　通往新家的路／93
第 十 九 章　这是需要我的地方／100
第 二 十 章　人类扔掉的东西／107
第二十一章　没说完的故事／117

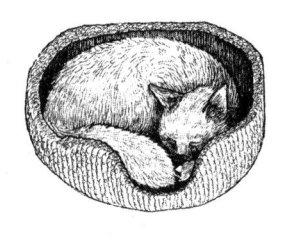

第二十二章　必须这样做／125
第二十三章　被驱逐的家族／134
第二十四章　另外一种可能／143
第二十五章　真正的新闻／150
第二十六章　被困住的小猫／155
第二十七章　处处都是危险／162
第二十八章　跳入黑暗中／166
第二十九章　美好总是更强大／171
第 三 十 章　唯一的办法／176
第三十一章　第一步是信任／180
第三十二章　请让我帮助你／188

第三十三章　一只猫的使命／194
第三十四章　一个非常美丽的家／199
第三十五章　这就是和平的感觉／205
第三十六章　里面是空的／212
第三十七章　还有很长的路要走／218
第三十八章　最漂亮的颜色／224
第三十九章　我为你骄傲／229
第 四 十 章　朋友之间没有秘密／235
尾　　声　／238
致　　谢　／244

谨以此献给您，妈妈。

Chapter 1
第一章

我知道你的名字

每一段旅程都需要迈出第一步。现在,那只黑色的小猫正在迈出这一步。

他迈出了脚步,发现自己踏上河边松软的土地了。他浑身湿透了。他拖着瑟瑟发抖的身躯,穿过芦苇丛,来到月光照耀下的一片空地。

"喵——"小黑猫眯着眼睛,看着皎洁的满月。

月亮向下看着他,这只猫真的很小。他骄傲地站在月光下,小小的身子在发抖,长长的尾巴却高高翘起,绿色的眼睛里闪着光芒。

"跟我讲讲你的故事,小猫。"月亮温柔地说。

小猫将湿漉漉的耳朵耷拉到脑袋上,向着神奇的月亮引力使劲伸着鼻子。

星星停下音乐,侧耳倾听。

"我想我根本就不应该出生,月神。我很小的时候就被人从妈妈身边抱走了。我现在只记得她的脸,有时候我会在梦里见到她。我的主人将我、我姐姐,还有几个兄弟一起带到了一个谷仓里,那里冷得像冰窖。第一周的时候,我们还没有老鼠大,我们几个只好聚成一团,免得被老鼠拖走。我们想妈妈,有时候我们都可以听到她因为失去我们而哭泣的声音,可是我们一直被锁在里面,没有办法走出谷仓。我的兄弟们和姐姐并不在乎,但是我身体内总有一股力量拽着我向外走。我想我们

应该逃跑。但是门一直锁着，直到今天晚上。"

"今天晚上发生什么事情了，小黑猫？"

"男主人到谷仓里来了，发现我们正在跟老鼠玩游戏，他说我们的工作不是跟他们玩耍，而是捉住他们。我们现在长得太大了，他喂不起我们了。他先是抓住了我姐姐，把她塞到一个口袋里。我跳进口袋里面去救她，但是他把口袋拿起来，紧紧扎上了口。我们被关在了里面。接着他又去抓我的兄弟们。也就一分钟的工夫，我们几个就在袋子里挤作一团了。我姐姐哭了起来，里面太黑了，还无法呼吸。我们开始用爪子挠袋子。没想到更糟的事情发生了：水进来了。我最讨厌身上弄上水了。我努力用我锋利的爪子在袋子上抓出一个口子，挣扎着钻了出来。我不会游泳，不过我设法爬上了一个柳条筐。那个筐子带着我顺流而下，我就出现在了这里。"

"你现在安全了，猫咪。虽然历经磨难。"

"是我和老鼠交朋友的，月神。我们长大一些后，就不怕老鼠了。是我跟他们交朋友的，可是现在我姐姐和我的兄弟们却被扔到水里去了。我先前不知道不应该和老鼠交朋友。我们被扔到河里完全是我的错。"

"不，小猫，这不是你的错。这件事之所以会发生完全是因为你们的主人心眼太坏了。"

"而且我本来有九条命，今天晚上我丢掉了一条，丢在了芦苇丛里。我还失去了家，失去了家人。"

"不过事情很快就会好起来的。你还有很多条命，你会过与众不同的生活。"

"你真的这么想吗，月神？"

"噢，当然了，小猫，因为我看到了你的内在与众不同。"

"我？"

"你自己没有感觉到吗？"

"我只感觉到又冷又饿。"

"你的心里有一种善良与平和，那种平和跟我慢慢变成满月时的感觉一模一样。你会变得很勇敢，哪怕你周围的人都已被吓得瑟瑟发抖。你还会为朋友两肋插刀——你是一个真正的朋友，就像夜空中的我对于那些星星一样。无论从时间还是空间上来说，我们都不可分离。"

"可是我就只有我自己啊。"

"任何旅程都不会是一帆风顺的，但是你的第六感很强，它会带你回家，它也会在你身处危难时助你一臂之力。"

"月神，现在我的第六感就在拉我，让我走，它告诉我要到下游的某个地方去。"

"它会告诉你前往何方。它会引领你，就像我引领着潮汐一样；它会引领你，就像我的那些星星引领着航海者一样。你必须注意它的吸引力。这就是命运的力量。这不仅仅是对于你，对于其他生灵，也都是非常重要的。"

"可是我甚至还不知道自己是谁。没人给我起过名字。"

"现在，跪下吧，小猫，因为我知道你的名字。"

小猫跪到了杂草上。"月神啊，请告诉我，我的名字吧。"他高高地抬着头，眼睛里全是月亮的光芒。

"闭上眼睛，小猫，我马上就会告诉你的。"

他照做了，月光从身上掠过，小猫感觉到自己浑身涌动着一股奇特的力量，这股力量沿着他的血管和筋脉涌动，在耳朵和尾巴处温柔地回旋，一股麻麻的刺痛感在他的胡须上一直流窜。最终，这股力量终结在了他的心脏深处。

"你的名字叫作月光之猫摩今。我用我自己来为你命名，还有一件礼物要送给你，低下头。"

月光之猫摩今弯下了头，冰凉的鼻子贴在潮湿的河岸上。月亮用一个白色的颈圈照亮了他颈项处的皮毛，赐福他将永远受到满月的庇护。

小猫第一次体会到拥有身份的感觉。

原来这就是我，我就是这个。

我的名字是月光之猫摩今。

接下来，他感到好奇，为什么月神要送给自己礼物呢？"谢谢您,月神。"他说着摇了摇脑袋,感受着自己脖子上月光圈的存在。他站起来,微微地鞠了一躬。月亮眯着眼睛看着这只黑色的小猫,为他的这一举动感到骄傲。

"愿你的眼睛永存光芒,小猫,愿你的精神永远纯洁,为猫类、为全世界做好事。"

"我会的,月神,我会永远尽自己所能做到最好。无论我最大的能力是什么。"

"这是所有猫都会做的,月光之猫摩今。听从你的内心,它会引领你找到朋友。让你的第六感引领你,你的第六感将会带你找到一个家。"

"可是我的家该是什么样子的呢?"

"你的家会充满爱和善意。"

"主人呢?家里有主人吗?"

"并不是所有的猫都需要主人,但是所有的猫都需要爱。"

摩今正想让月亮把爱的事情再解释得更明白一点,月亮却说:"晚安。黎明即将到来,我该走了,但是我会再见到你的。"

"谢谢您,月神,"摩今说,"祝您晚安。"

"祝你旅途好运,月光之猫摩今。"月亮说。

摩今转身看到直通大海的河水里有一条银色的通道。河水现在变得美丽又温柔,小猫翘起尾巴,昂首迎风,精神抖擞,感官通明,迈出了旅程的第二步。

Chapter 2 第二章
黑夜里有一双眼睛

摩今走过残留的黑夜，跨进了美丽的黎明，曙光洒落在河面上，仿佛打翻了的调色板。他不停地奔走着，走在日光下，一直走到再也走不动。他躺了下来，在河岸上睡着了。虽然晚春的太阳高照，但是摩今还是有几次被冻醒了，冷得浑身发抖。沐浴在阳光之下，这对他来说可是一种全新的体验。

这是一个忙碌的人类的世界——他能够听到他们发出高高低低的声音，但是这些声音并不是他的前主人那样的怒骂声，而是充满了欢快与幸福。有时，摩今会从芦苇丛的缝隙中偷偷往外看。他看到人们走过他身边，走到河里摇曳的小船上，船上插着鲜艳的旗子，迎风招展。但是没有一个人看到他。他那么小，又藏在黑乎乎的泥坑里。只有瞪着大眼睛的蜻蜓和嗡嗡叫的蜜蜂在他头顶上盘旋。

摩今饿极了，也渴极了。黄昏的时候，他成功地伸出头，够到了一个小水坑。他知道自己必须找到食物，不然的话，他会在这个地方再丢掉一条性命的。但是他实在太虚弱了，一步也挪不动，于是他沉沉地进入了梦乡。

在梦中，他看到了姐姐的面庞，姐姐向他伸出了爪子。他回忆起自己在那条咆哮的河里是如何努力地想要救出姐姐。梦中，他不停地喵喵叫，不停地哭泣。

人们，坐船回来的人们，没有听到他的声音。

人类的听觉实在是太差了。

黑夜里，摩今醒来，闻到一股诱人的味道——他有生以来闻到的最美的味道。他睁开眼睛，发现有吃的东西。他用鼻子拱了拱，这个东西外表很脆，里面却是又软又黏。他咬了一口黏黏的部分，真是太美味了，竟然可以同时又咸又甜！这个东西闪着银色的光，就像天上的星星一样，而品尝起来更有一种神秘的味道。他想慢点吃，可是做不到。

他狼吞虎咽地一口气吃光了。

他感到食物正在自己的体内转化为力量。

现在该行动了。

摩今抬起一只爪子，迈出了第一步。很疼。他往前伸了下身子，试图舒展一下身体，却又觉得自己浑身又冷又热。他面前有一堵墙，一堵长长的红色的墙，立在河流与河岸之间。对于一个像他那样长着一条长尾巴的猫来说，这并不是一堵高墙，但他此时却发现自己并不能像从前一样一跃而上了。不过，他心里清楚自己必须要爬上这堵墙。他做到了！他感到一阵眩晕，天旋地转，就像当时被装在口袋里的感觉那样。但是他已经跳到了墙头，俯瞰周围的世界。他看到一座房子，上面开满了红色的花，还有一个指示牌，在风中摇晃，而在那后面的再远处，他看到了大海。这是他见过的最狂野、最宽广的景象。刹那间，他几乎不敢相信这是真实的存在。空气中弥漫着甜甜的咸味，像极了他刚才吃过的东西的味道，汹涌的波涛声让他感到耳朵生疼——这既是好事又不是好事。

摩今知道他必须走向那座开满鲜花的房子。他能感觉到内心正在召唤着自己走去那里。那肯定是一个美好的地方，一个安全的地方，也许那里就是他的家。但是，当他在墙上行走的时候，他产生了另外一种感觉。那是一种很奇特的感觉，让他的皮毛发痒，让他的十八个指头发紧。他的第六感变得通明起来，像愤怒的河流在体内涌动。他的爪子感觉到了危险，他的背像座拱桥一样高高拱起。

有人在监视他。

他的眼珠飞速地转动，不动声色地找寻着自己可以一跃而去的平面，找一个可以逃身的地方。黑色的皮毛下面，每一寸肌肉都是紧张的。他的胡须震颤着，探测着脸庞周围的空气。

他不能再失去一条性命了，今晚肯定不行。

然后第六感像潮水一样退去了。他又开始觉得又冷又热，感到自己的脑袋混沌不堪，身体冷得瑟瑟发抖。就在那一刹那，摩今明白自己肯定是跑不过其他猫了。他知道自己太虚弱了，无法打斗，但是他还是被吸引着朝那座建筑物走去。于是他又迈出了一步……又一步……直到最后，他发现自己已经无法继续前行。他转身去看自己的尾巴，是让什么东西压住了吗？可是什么都没有，只有他的尾巴，像被打湿了的旗子一般竖着。他抬头望着月神，身子塌了下去：转身用的劲耗费了他的体力，让他的脑袋眩晕，他的爪子不再抓扯，放弃了前行。

海风呼啸。

摩今摔倒在地。

摔倒的时候，摩今试图用尾巴来平衡身体，但是跌落来得实在很突然，他的爪子胡乱在墙上抓挠着，试图抓住点什么东西。爪子最后抓到了几根爬山虎，帮他阻挡了几秒钟，但他最终还是重重地摔到了地上，感受到一阵钻心的疼痛。

然后，整个世界都静止了，只剩海风还在温柔地梳理着他的毛发；整个世界都沉默了，只有他头顶上方的那块招牌还在有规律地吱嘎作响。

摩今挪到猫儿们在即将失去一条性命时都会待的地方。在内心深处，他感到生命正在消逝——最糟糕的感觉。但是在这之后，他又感觉到一条新的性命——一个崭新的、未来的他——正在朝自己走来，将要引领自己到达安全之地。

就在摩今身体上方的高处，有一双眼睛在眨。这双眼睛看着摩今摔了下去。黑夜中，眼睛消失了，又出现了，一眨一眨的，在思考，一眨一眨的，在思考。

一扇窗子打开了，一个身子探了出来，然后跳到了外面窗台上的一个箱子上。一张脸面朝着海风，乳烟色的毛发被吹得向后飘扬。

她在外面窗台上开满红色天竺葵的一个箱子旁边平衡好身子，纵身一跃，跳到一个写着"印度之东"、画着一艘帆船的标牌旁边。这是一只年轻的猫——几乎比小奶猫大不了多少。身边那家酒吧的石头外墙风化了，四周架着脚手架，她沿着脚手架熟门熟路地爬了下来，轻轻跳到了摩今摔落的地方。

她用鼻子拱了拱他，用所有的感官去感知他。情况不太好。

"噢，真是太糟糕了。噢，太可怕了。"她说，"他刚刚失去了一条性命。他需要我的帮助，不然他还会再丢掉一条。噢，我该怎么做呢？"

母猫很害怕。豆大的雨点开始从天上落下来，打湿了他们的毛发，冻冰了他们的爪子。四周刮起了风。母猫知道，能让这只摔下来的猫感到既安全又温暖的，只有一个地方——地窖。但是她不喜欢地窖里面的味道。那里的味道很不好，因为这个地窖存在的时间很长了，而且还有很多动物都死在里面了。她很肯定现在里面有很多大蜘蛛，而她并不是一只喜欢捉蜘蛛的猫。

接着，她看了看摔下来的那只猫，下定了决心。

她蹲下身子，从地窖盖门中钻了下去，然后她站到了一只木桶上，开始往上够。她拽着那只病猫脖子上的毛，尽可能轻柔地把他往下拉。他滑了下来，哪的一声重重摔在地上，然后伴随着他嘴巴里发出的痛苦呻吟声，他被拉到了地窖的一片黑暗之中。

Chapter 3
第三章

我可以做你的朋友

醒来的时候，摩今感觉一切都是那么美好。周围暖洋洋的，有些昏暗，这是猫类最喜欢的了，因为在这种环境下猫的感觉最为灵敏。他睁开眼睛，看到一个粉粉的、翘翘的小鼻子正紧紧地挨着他的鼻子。然后，他看到了一双大眼睛，眼睛最中间是淡淡的绿色，眼角处向外延伸出几道之字形纹路，一直伸到白色的绒毛中。还有两只爪子搭在了他的前爪上。

摩今从未见过这个模样的猫。她全身是乳烟色的，毛比他的长，看起来也更柔顺。她的脖子上晃动着一个闪闪发光的项圈，身上闻起来像潮湿的青草和小花的味道。

摩今抬起头，看到阳光透过上方的木板一条条地射进来。他开始怀疑自己是不是已经把九条命都丢掉了，而这里其实是天堂。

如果真是如此的话，他也无所谓了。

接着，他恢复了知觉，意识到自己并没有死，不过同时也想起来自己又失去了一条性命。

他现在只有七条命了。

这可真够丢人的。

不过他又想起了月神说过的话，说他会经历很多种独特的生命。她的确说中了，现在的这条生命就跟以前的那条感觉非常不同。

那双绿色的眼睛眨了眨，紧接着，小母猫把爪子从他的爪子上挪开，坐了起来。他感到突然失去了温暖，就如乌云遮住了太阳一样。他希望她把爪子再放回到原来的地方，但是他没有说。

"早上好，"她的声音柔柔的，"你感觉怎么样了？能坐起来吗？"

"早上好。好多了，谢谢你。"摩今坐了起来，面对着那只小母猫，"是你帮了我吗？"

"是啊。你昨天晚上丢掉了一条命。我不希望你被冻僵，然后把所有的性命都丢掉。后来我看到你的爪子被割破了，我想也许是这个原因让你发抖，所以我弄了点会有些刺痛的东西敷在上面。看起来好像起作用了。"

"谢谢你。"摩今说。身处的环境变化如此之大，他一时还无法完全适应。一夜之间，他从一个又冷又湿的地方被挪到了一个既干燥又温暖的地方。

"你知道你的爪子破了吗？"

"到处都扎得我疼，"摩今回忆起来，"我不知道具体哪个地方破了。"

"好吧，你看起来好多了，很高兴见到你，我叫小柔，顺便说一下，我的名字最后有个 x[1]，就像交叉的爪子，或者像人类拉钩的时候交叉手指那样。但是这个 x 并不发音，你心里知道有就可以了。你可以看看我的项圈，如果你识字的话。"

"我不识字。"摩今看着面前明晃晃的铭牌说。

"没事。我说，你试着学着说一下。"

"小柔。"摩今的声音里充满了疲惫，并且还有一丝嘶哑。他咳嗽起来，然后又试着念了一遍。"小柔。"这次声音大了一些，脑子里想着有个 x，但是并没有发音。

"棒极了。你叫？"

"我叫月光之猫摩今。"

"这真是一个宏伟的名字。"

"你的名字听起来好像是从另外一个世界来的。"

"哪有啊，不是的，是这个世界，是我的主人给我命名的。但她是在另外一个国家出生的，在大海的另一边。"

---

[1] 原书中小柔的英文原名为 Roux。——编者注

"另外一个国家？"

"我的主人来自法国。她的名字叫塞西莉亚，她爸爸是这家酒吧的主厨。她到我出生的人家去的时候，我就选中了她。我出生在这里的一座白色的大房子里，就在斯塔克罗斯[1]海边。有一天她和她爸爸一起来了，我上前迎接她，告诉她要选我。当然，她听不懂我的话，但是她领会得不错。她抱起我说：'这个，爸爸，我选这一个。'然后她开始抚摸我。她一直抱着我，直到我们一起坐进车里才把我放下。"

"她人好吗？"

"当然啦，她可好了，而且她特别爱我。她长着一头金色的卷发，我抓她的头发她也不在意。不是很在意。不过，有些时候她会把我的小老鼠放到地上，让我去跟它玩。那个小老鼠跑得飞快，但是我跑步可是超级无敌的。她的眼睛是黑色的，看起来特别深邃，就像大海一样，不过她的脾气很温和，从来不生气。被她抚摸着简直是天下第一大享受。晚上，当她准备去睡觉的时候，她会给我讲一个故事，然后把我裹起来放回我的篮子里。夜深的时候，我会偷偷从窗户钻出去，但是早上会回来。我从来不会走太远，也就是到窗台上的箱子或者长椅那里。你摔下来的时候我正好在窗台上。"

---

[1] 英国德文郡的一个小镇。——译者注

摩今看看自己的爪子:"我的那些主人可没有这么好心。"

"噢!他们干什么了?"

"他们把我和我的兄弟姐妹都扔进了河里。"

"噢!天哪!那可真是吓人!"

"是你把食物放到外面的吗,小柔?"摩今玩着自己的尾巴尖问道。

"嗯。我听到你在芦苇丛里哭,所以我用嘴巴叼来一些食物。"

"我哭了?"

"是呀,所以我才来看看。你双眼紧闭,浑身缩成小小的一团,我都可以看到你的心脏在跳动。你又冷又热,所以我用爪子抱着你,好让你能暖和一点,直到主厨来找我,我才离开。再后来我就一直在窗子里面看着你。"

"谢谢你。"摩今说道，他默默地回想着一只小母猫用柔软的毛环抱着自己时那种温暖的感觉。这让他浑身充满了温暖，几乎要将河水的寒气全部逼走了。

"我先是看到了你脖子上的圈圈，真是雪白雪白的，白得几乎放光。"

"对，那是月神赐予我的。"

小柔眨了眨眼睛："月神送给了你一件礼物？"

"是的。"

小柔盯着摩今的项圈看了又看，她凑得太近了，近得鼻子都快贴到摩今的毛上了。"好吧，确实是非常特别。"她最终说，"我也想要一件月神的礼物。我从很小的时候就梦想着能收到一件月神的礼物。可是当然了，月神只把礼物送给最特别的猫。这种情况非常罕见。你实在是太幸运了。我想她肯定是看到你内在的特别之处了，我真好奇那到底是什么。"

"我并不觉得自己有多么特别。"

"噢，可是你肯定非常特别。你妈妈没有告诉你关于月神的礼物的故事吗？"

摩今摇摇头："我很小的时候就被人从妈妈身边带走了。"

"这样啊。噢，那可真是遗憾。"

摩今沉默了。在他的沉默中，小柔坐了一会儿。

"好吧，我猜你现在该回家了，你已经好多了。"她一边说着,一边仔细盯着自己的一只乳烟色的爪子看了起来,"你的朋友肯定会想你的。"

"我没有家,"摩今平静地说,"也没有朋友。"

"我可以做你的朋友。"

"真的可以吗?"

"当然啦。从现在开始,这里可以成为你的家,直到我们为你找到新家为止,如果你不在乎睡在地窖里的话。"

摩今想,只要能和小柔离得够近,怎么样都无所谓。

"谢谢你,"他说,"你可以带我去看看你的家,还有外面的一切吗?"

"噢,当然没问题!那样一定会很有趣。如果你愿意接受我当你的老师,我还能告诉你关于这个世界的所有东西。"

"我非常乐意。"

"你对这个世界已经知道了多少呢?"

"几乎什么都不知道。如果你愿意的话,你可以用第六感来感知我。"

"如果你确定你不介意的话。"

"当然不介意。"

小柔站得离摩今很近,闭上了眼睛。

瞬间,小柔在自己的第六感里看到了摩今所能看到的世界。她为自己所看到的,以及所没能看到的感到震惊。那个世界里几乎没有刚刚出生时的景象，也没有妈妈在身边的景象。作为一只小猫，那个世界有的只是恐惧。后来，出现了一些追逐打闹，还有更多平衡游戏的画面，但是里面没有味道，更没有美味。没有鱼，也没有奶油。几乎没有美好的感觉。猫爪下面没有柔软的草地，也没有可以抓的蝴蝶，老鼠倒是有很多，不过似乎是他的朋友，然后，出现了令人悲伤的离别场面，有一只爪子，他怎么也抓不到，无论费多大劲。当小柔感知到可怕的怒吼的河水时，她的爪子感到刺痛，她几乎都想要睁开眼睛了。但是，紧接着，她感知到了一种月光庇护下的乳白色的平静。然后一些更深层的、强有力的东西让她立刻感到轻松欢快起来。那是一种非常有力量的东西，就像她从窗台的花箱里眺望大海时的感觉一样，也像夜幕降临后她被召唤到室外凝视满月时的感觉。她的第六感被这种感觉带到了天上，她觉得美妙极了，就像自己跑得飞快的感觉，又像腾空跳起又稳稳落下的感觉那样。感觉里面有勇敢，有希望，有和平，有友谊。还有一种更强烈的东西，非常强烈。

她睁开了眼睛。

摩今之前一直看着她。现在他低下了头。"我见识很少，对不对？"

"噢！但是我看到了月神在你身上看到了什么！我知道她为什么要送你礼物了。你非常非常特别。摩今，你人好，又善良,而且你将会做一些很重要的事情。噢,我真想知道那是些什么事情。但是,就现在来说,先让我来向你展示广阔的世界吧。你现在感觉好些了吗?你感受到去外面玩耍的召唤了吗?我不喜欢在这个地窖里,味道太难闻了,你头顶上还有一个蜘蛛网。"

"噢,当然,请带我去吧,我等不及要出去了。我想整天都在外面玩。"

"太棒啦!太阳高照,这是一个特殊的周末,很多人都会来酒吧。每个人都很快乐,那里能做的事情可多了。你可以晒晒太阳,让你的毛温暖起来。你可以看看黑板上的画。你还可以见见我的主人。她会抚摸你的。你喜欢被抚摸吗?"

"我从来没有被抚摸过。"

"从来没有?"

摩今摇摇头。

"可是,摩今,那也太惨了。来吧,跟我来。你觉得你能跳上去吗?"

摩今检查了下自己的尾巴,平衡力又回来了。"简单!"他一边说着,一边透过地窖盖门看着外面的光。

"那就跟我来吧!"

小柔跳上去,将地窖盖门推开一些,跳到了外面的世界里。一秒钟后,摩今紧跟着表演了一个完美的大跳跃,以他的第三条生命迈进了外面的日光里。

Chapter 4
第四章
这就是大海

摩今随即跟着小柔爬到了脚手架上,他要好好看一下这个世界。他玩了一会儿平衡游戏,然后又跳上跳下地玩。攀上攀下时,他还有几次不小心把船上的油漆给抓掉了。最后,他和小柔肩并肩地坐到了窗台上一个盛开着红色花朵的箱子里。

"快看,摩今,看看这个世界是多么美好。"

这个世界确实非常美好。

摩今伸出了鼻子去迎接轻柔的海风,海风在他耳边诉说着秘密。

"你准备好去了解这个世界了吗?"小柔问。

"嗯,准备好了,我们应该怎么开始呢?"

"我们可以看看大海,听大海讲故事。我们也可以转向那边,看看那些河里的船。那边是河,而另一边是海。我想我们肯定是这个世界上最幸运的猫了。我们今天早上可以坐在这儿,我可以教给你所有这些来来往往的东西。然后我们可以到长椅下逗人们开心,不过要是那里有狗,我们就不能去,有时候有些人会带狗来。"

小柔说到"狗"时的某种语气引起了摩今的警觉,他脖子上那圈白毛竖了起来。

"有危险的话,我通常都是躲到屋里去。晚上我的主人睡觉时,我也必须回去听故事。她睡着之后,我就偷偷地溜出来。当然,我从来不会在外边待太久,除了昨天晚上出来照顾你。"

想到能每时每刻都和小柔一起做各种各样不同的事情,摩今感到很高兴。但是即便如此,他的内心还有更强烈的东西像熊熊烈火一样炙烤着他。"噢,可是现在我们先下去,到大海那里去吧,我想近距离感知一下大海,我还从来没见过海呢。请带我去探索一下吧!"

"我也从来没去过海边。"

"从来没有去过海边?"摩今吃惊地问,"可是它就在——"摩今伸出了爪子,"那里呀!"

"摩今,你需要理解,我是一只家猫。我没有必要去探索广阔无垠的世界。我喜欢我的家,很爱我的主人。我喜欢我的食物,还有我睡觉的篮子。这儿的鱼非常新鲜,有个男人每天都会带一盒子来,我们可以在这里看到他。如果我跑到他的脚踝处喵喵叫,他就会扔给我一条小鱼。他还说,这些鱼是特别为我留下的。你也应该试试我这样的生活。"

"可是你就不好奇，不想去看看这个世界吗？"

"这就是我的世界，这就是我想向你展示的。在这个窗台的箱子里，我就可以教给你你所需要知道的所有的东西。"

"可是你不想看到更多的东西吗？你就没有感觉到探索的冲动吗？我想到那边，到这堵无边的墙的另一边去。"

"我害怕大海，那里有那么多水……太多了，我可没有勇气跃过那片高墙，而且我的主人要是找不到我的话也会不高兴的。我们到那边去玩捉迷藏吧，到长椅下面。今天是人类称为星期六的一天，人类都很爱星期六。我的主人说这周一是一个叫作'五一节'的假期，所以人类都很兴奋，因为他们不用去上班，当然啦，除非他们在酒吧里工作。小孩子们也不用去上学。会很好玩的，每个人都很快乐。看！主厨来啦。我闻到了沙丁鱼黄油面包的味道，就是我昨天晚上留给你的东西。你喜欢吗？我觉得那是世界上最美味的食物了。下来，跟我下来。"

摩今看着小柔沿着屋子的墙边爬下去，然后围在穿着黑白条纹裤子的男人的腿边转来转去。那个男人把一个碗放在地上。碗里的东西香气扑鼻，直通云霄。摩今突然觉得自己的肚子饿得咕咕叫了。

铃铛响了，屋顶上的几只鸟飞走了。紧接着，一个满头金色卷发的女孩从酒吧里蹦蹦跳跳地跑了出来。她开始抚摸小柔。小柔把头斜靠在女孩的手里,她的尾巴在女孩脚踝处摇着,好像一条飘带。

摩今在高处一动不动,看着小柔和她的主人,直到小柔抬起头来叫他。于是他翘着尾巴,小心翼翼地爬下墙来。

"小柔!"摩今跳到地上的时候,小女孩说,"你有朋友啦?"

摩今感觉到女孩把手放在他的身上,这是他第一次被人抚摸。这让他感觉到了善意和温暖。这感觉就像包含了一切美好与温柔的东西,跟他之前被装在袋子里的感觉是完全不同的。摩今感觉到自己的喉咙蠕动,有声音从他的体内发出。

"听听你发出的呜呜声!可是你却那么瘦、那么小。小柔,我现在知道为什么你不把你的黄油面包全部吃完了——你留着给你的朋友了。等等,我叫爸爸再拿点来。"

小女孩又进了酒吧,小柔用鼻子把碗推向了摩今。"这是你的,"她说,"吃吧!"

"你先吃。"

"我还有。"

"你确定吗?"

"非常确定,赶紧吃吧。"

摩今吃了起来,这个味道和昨天晚上他在河边吃的味道一模一样,简直是世间的极品美味呀!

过了一会儿，小女孩回来了，抚摸也回来了。主厨又往碗里多加了一些黄油面包，这一次小柔和摩今鼻子碰鼻子地一起吃起来。吃完后，他俩充满了活力，开始围着桌子和长椅追逐打闹起来，小女孩被逗得哈哈笑。小柔说："进来，来看看厨房。"摩今跟着小柔和她的主人走进酒吧，但是主厨却站到他们面前，拍了拍手，挡住了他们的路。

"不行，不能进去。"他说，"他不能到酒吧里面来，我的宝贝。他是只野猫，他身上可能有虱子。"

小柔静静地停住,回头看着摩今。摩今看着主厨的旧鞋子。他感到眩晕，脸发烫。

"我可能是只野猫，不是家猫，"摩今小声说，"但是我的身上没有虱子。"

"你当然没有了，"小柔说，"你看起来是一只非常干净的猫。人类的判断力实在是太差了。"

"我就……我回地窖了。"摩今说着,转身朝地窖盖门走去。

"等等！"小柔说。

摩今转回身来。

"我改主意了。我们可以去探索。"

"真的？"

"是的。我想我跟你在一起会很安全的，只要你不离我太远。你可以教给我如何探索，我可以教给你我从主人的那些故事里学来的东西。"

"太棒了!"摩今说。

"但是不能太远。最远就到海堤上面,不能再远了。那里可是非常非常危险的——你要知道,从上面掉下去,就会丢掉一条命。"

两只猫一起奔跑,爬上了墙。摩今可以感觉到小柔非常害怕,但是她也攀上了墙顶。摩今离她很近,能感觉到她体内升起的眩晕。而且在回去的路上,小柔的耳朵一直平平地贴着头。

"大海,伙计们,这是大海。"一只海鸥叫喊着,给他们的头顶上带来一股气流,"她非常华美,是不是?"

摩今深吸了一口气:"她确实很美。"

他把头转向一侧,看着小柔,感觉幸福在自己体内激荡。他觉得今天大海的心情与小柔淡绿色的眼睛极为相配。

海风吹拂过来,小柔第一次用面庞感受到了海风——海风轻柔地拂过她的眼睛和胡须,带着咸味的海水进到了她的鼻子里,可是她竟然一点都不介意。

事实上,她发现自己笑了起来。

而这时的摩今则发现,小柔的笑声是这个世界上他最喜欢听到的声音。

Chapter 5
第五章

世界，我来了

对于两只猫来说，一个星期幸福地过去了。然后，这天清晨，摩今还在梦中迎接新的一天到来时，小柔噌的一声从地窖盖门跳下来，落到了一个桶上。

"早！"她说。

摩今睁开了一只眼睛："早，小柔。"

"哎！我实在太讨厌看到你在这个又冷又发霉的地窖里睡觉了，特别是我还拥有那么一个温暖的睡篮。"小柔说着，看到一只蜘蛛匆匆忙忙地从地板上爬过，它的尾巴高高地翘起来。

"我不在乎这些的。"摩今说，他是真的觉得无所谓。他打了个哈欠，伸了伸懒腰："现在好像还挺早吧！"

"对！现在是日出时间，我想我们应该出去看看大海是怎么变换颜色的。"

"好主意！"摩今说。

"跟你比赛哦！我先跑，因为你的尾巴那么大，跑起来会更快。"说着，小柔跃出了地窖盖门，摩今紧随其后。他们两个一前一后地跑到了海堤边上，小柔先到，不过摩今在爬坡的时候追上了她，所以他们两个一起到达了海堤的最顶端。他们看着太阳像一个金色大球一样越升越高，大海也变成了金色，闪闪发光。

"探索吧！"世界这样召唤着摩今。

他感受着自己爪子内的蠢蠢欲动，嗅着空气中的气味，听着周围世界的声音，他感到自己的整个身体都在跃跃欲试，所以他不想静静地待在那儿了，一秒钟都不想。还有那么多朋友可以去结交，还有那么多气味可以去发现，他更不能等了。他身体的每一寸都在渴望着大喊："世界，我来了！"

"啊，今天我们可以跨过墙吗？并不远的，只不过这样我才能亲身感受一下沙子在爪子下面的感觉。求你了，小柔？"

他说"小柔"这两个字的方式，让小柔站在那儿静静地思考了一会儿。"我的主人告诉我，凡事要三思，不可冲动。她说如果你愿意给它们机会的话，花儿可以结出果实。她给我读过很多故事，有动物的变化、植物的生长，还有饥饿的毛毛虫可以变成蝴蝶，如果他们吃的东西合适的话。"

"听起来棒极了！"

"所以也许今天我应该敞开心扉，做出改变。"她微笑着看着摩今，她看得出来这对摩今有多大的意义，也看得出摩今内心深处有多强的力量在召唤着他去探索。"没错，"她说，"今天就是我探索更多地方的日子。但只是跨过墙，到沙滩上，而且你不能跑到我前边，丢下我不管。"

"我不会的，我发誓。"

"举爪发誓？"

"举爪发誓。"

他们两个碰了碰爪子。

"数到五？"她问。

"数到五。"他表示同意。

他们看着自己的前脚趾，小柔数到五，摩今朝着墙的下面迈出了第一步，而且只用了这一步。他的长尾巴高高翘起，用来保持身体的平衡。但一眨眼的工夫，他们两个就抵抗不住地球引力的吸引，跌落到了墙根下。

他们两个跌到了扎人的草丛里——比以往任何一次都扎人。他们立刻本能地跑到潮湿的沙子上，感受着沙子的紧实与柔软，而转过身来时，他俩诧异地发现自己身后已经留下了长长的爪印。

"太棒了，摩今！实在太棒了，我喜欢探索。我们来比赛，看谁先跑到渔船那儿吧！"小柔说完就跑了起来。她跑在前面，笑声洒落在身后。"我简直不敢相信，摩今！在沙滩上追逐海浪，在风中感受自己的毛发！我们跑得比魔法还快，这才是生活！"

"这才是生活。"摩今一边这样想着，一边试图追上小柔。可是周围的东西是那么美好，那么有趣，有很多很多不同的景色，还有很多很多不同的气味，以至于摩今要不时地停下来去探索周围的事物。他的一只爪子碰到了一块闪闪发光的海玻璃，这让他想起小柔的眼睛。他看到一些正在快速逃跑的小螃蟹，嗅到了一团海藻的味道。他还用爪子翻起一片白色的螺壳，想看看它里边到底藏着什么样的漂亮景色。

"快来，摩今！"小柔大声喊他。

"来啦！"他回答道，开始朝着小柔等待的地方跑去。

可是紧接着，非常突然地，摩今停下了。

"怎么回事，摩今？你为什么停下啦？"

但是摩今并没有回答，于是小柔跑回他的身边，用爪子拍了拍他。"怎么了？"

摩今没有动。小柔踩了踩他的尾巴，可是那只傻猫还是一动不动地站在那儿，脸上带着一种奇怪的表情。小柔轻轻咬了一下摩今的一只耳朵。

也许是咬得重了点。

"哎哟!"他惊呼了一声。

"你为什么停下了,摩今?我还想赛跑呢!"

"我听到一些声音。"

"你听到什么了?"

"一个很悲伤的声音,好像有谁受伤了,有人需要我们的帮助。"

"在哪里?"

"你听不到吗?"

"听不到。我只能听到海浪的声音,还有海风吹在我耳边的声音。"

"是从那边传过来的,就是陆地的形状像猫爪子,而且渔船都紧挨着系在一起的那个地方。跟我来。"

两只猫朝那个方向走了过去，他们跳过沙滩上的一道道绳索，终于看到发生了什么。

"啊，不好！"小柔说。

一只海鸥被一条长长的蓝色渔网缠住了，他发出了可怕的声音。摩今上前查看时，那只鸟试图扇动被缠住的翅膀，想动一动，可是却动不了。

"我们会帮你的，"摩今说，"待着别动。"

"谢谢你，老兄！"海鸥说，"我就是想下来吃口鱼，你知道的。我真的特别爱吃鱼，又正好看到渔网里有一条。结果沙滩上的渔民拉网了，我就被缠在里面了。"

"小柔，帮我一起把它举起来吧。"

两只猫试图用爪子把渔网举起来，但是渔网实在太长了，而海鸥在渔网的中间部分。他扇动着翅膀，嗷嗷地叫着，还是出不来。

"哦，情况变得更糟了。"小柔说。

"我想我要完蛋了，老兄。涨潮的时候我肯定会被淹死的。"

"哦，千万别这么说。"小柔又说道，声音里充满了恐惧。

"我们会用爪子把你救出来的。"摩今说。

"这些网很结实的，老兄，而且马上就要涨潮了。"

"别担心，我的爪子很锋利。"摩今说着，举起了一只爪子，五个又长又锋利的爪钩伸了出来,"快,小柔,我们没有时间可以浪费了。"

于是,小柔开始撕咬渔网,而摩今则是静静地坐着,用一只爪子钩住渔网,带着一种很美妙的声音一根一根地切割着渔网线,直到最终切出一个大洞,足够海鸥缩着身子钻出来。海鸥将自己的整个身子硬拖了出来,但是他的脚还被缠着,他死命地想要挣脱,那真是一个可怕的场景。

"别动。"小柔说道,同时用牙齿轻轻地将网从海鸥的脚上解了下来。

海鸥在蓝色的网上静静地躺了一会儿,翅膀无力地摊开着,他已经精疲力竭了。"谢谢你们。"他上气不接下气地说。

"你感觉怎么样?"小柔问。

"我的羽毛掉了一些,但是翅膀没事。"他说着把翅膀抬起来,又放下,"我的名字叫霍雷肖。"

"我是小柔,这是我的朋友摩今。"

"很高兴认识你们二位。我怎样才能报答你们的恩情?"

"你不用报答我们,"摩今说,"你需要我们的帮助。我们只是做了对的事情,这就够了。你说是不是,小柔?"

"对!帮助别人的感觉真好。"小柔表示同意。

"我会永远记得你们的恩情。我们海鸥的记忆力很好,像天一样高,像海一样阔。我会一直守护你们两个的,如果你们有什么需要……"

"嗯……"小柔想起了地窖,"摩今确实需要找到一个新家。"但是随着这句话的脱口而出,她又开始为摩今可能即将离开而感到难过。

海鸥把头侧向一边,打量着摩今。"一个家?"

"是的,但不是现在。"摩今飞快地回答道,"我身体里有种力量在召唤着我,就像港口里被绳子拉着的小船一样。我感觉自己属于一个别的地方,只不过那个召唤现在暂时停止了,当然我认为它肯定会回来的。"

霍雷肖发出了噭噭的叫声。"关于召唤,你不必跟一个老航海家解释太多,大海的吸引力是绝对无法拒绝的。一个家,是吧,那你找对人了,我正好知道一个有很多猫住在一起的地方。那是一个我经常去的地方,不过那里也不是没有问题……你们准备好搬过去的时候告诉我,我来给你们带路。现在我感觉好多了。嗯,我的翅膀又恢复正常了,太阳也升起来了。我是时候该离开了,但我们一定还会再见面的。再见,小柔,再见,摩今,谢谢你们。"

海鸥展翅飞向天空,两只猫向他挥爪告别。他们目送了他一会儿,然后转身朝酒吧走去。

"哦,摩今,我刚才真是吓坏了,我还以为我们救不出他来了呢。谢天谢地,你有如此锋利的爪子。"

"这种感觉太好了,小柔!如此恰到好处,仿佛帮助别人就是我的使命一样。你喜欢上探索了吗,小柔?"

"噢,当然,我非常喜欢。但要是没有你,我可不会那么勇敢,敢到这边来。"

"我想你会的,小柔。我觉得你比你眼中的自己要勇敢得多。"

"我觉得你也比你眼中的自己要聪明得多。"

"那是因为有你教我啊!"

两只猫沉默着一直往前走。

"摩今?"

"嗯,小柔?"

"也许你的爪子非常锋利,但是我觉得你跑得不如我快。"

摩今转头看了看小柔,她的眼睛一闪一闪的。"那不可能!我之前只是停下看东西了。"

"那咱俩比赛看谁先跑到海堤吧。"

"嘿!等等呀——你抢跑了!"

摩今追逐着小柔,他的心怦怦直跳。这才是作为一只猫应有的样子,他想,一只真正的、真正的猫。而一只猫可以做的任何一件事——猫可以做很多事,也可以什么都不做——都不会比奔跑、探索和帮助他人所带来的感觉更美好了。这就是我,这就是我所存在的理由,这就是真正的我。

Chapter 6 第六章
一种特殊的力量

一个炎热的下午,摩今和小柔坐在长椅下斑驳的阳光里,吃着人们为了摸一摸他们而扔过来的食物。

"这个很好吃,"摩今说,"我想知道这是什么。"

小柔踱到黑板前,摩今跟了过去。她用鼻子指了指上面的字。"嗯,不是贻贝,因为贻贝都有蓝黑色的壳,那是我们玩的东西,不会拿来吃的。也不是乳蛋饼,因为咱俩都不喜欢那个味道,而且你也知道你对沙拉是什么感觉。我猜这一定是主厨特供,里面肯定有鱼,还有糕点,还有……我想是香草。"

"你太聪明了,小柔,你还会识字。"

小柔向后轻拂了下自己的耳朵,说道:"我的主人才是那个聪明的人,她每天晚上给我读书,教我认识好多字。有时候她给我读陈述事实的书,但是大多数时间她会给我讲故事。

我最喜欢故事书了。她会把手指放到字的下面，而我就把爪子放到她的手上，这总会让她哈哈大笑。学认字的感觉真的好极了，那感觉就像将魔法吃了下去，将力量灌进了自己的脑袋里。这让我觉得非常幸福，好像有种无穷尽的感觉，好像仰望夜空的感觉。"

"哦，"摩今说，"听起来确实不错。"

"你愿意让我教你吗？我可以试试。我们可以先从黑板上的字开始，然后是那边那个摇晃的招牌，以及船的名字，还有那些人类不小心丢掉的东西。"

"我非常乐意。"

"哦，我真高兴。那是一种特殊的力量，摩今。"

"还有数数？"

"数数很容易！我能数到十八。"

"十八？听起来好多啊！我只能数到九。"

"那我接下来就是要教你认字和数数。我相信这些肯定会对你有帮助的，当……当你该离开的时候。"

"是的。"摩今说道，他的声音很难过，但是紧接着下一刻，他突然坐直了身子，耳朵朝后，尾巴高高翘起。

"噢，摩今，怎么了？"

但是摩今沉默不语。小柔用爪子戳了戳他。

"噢！小柔，有点不对劲。我听到了哭声，是从河流下游传来的。我必须去帮忙。"

"我也去。"小柔说着便准备起身。但就在这时，一只手伸了过来，把她从地上抱了起来。"快去吧，摩今，不用等我。"小柔从抚摸她的人手中对着他大喊，"快跑去看看！我会尽快赶过去的。当心，有个人也朝你过去了，想要抱起你。"

于是，摩今集中了他全部的注意力，缩起身子，高高地翘起尾巴，腾空跃起，朝着河流方向疾奔而去。

Chapter 7
第七章

为打架而生的动物

摩今在河岸下游突然停住了。他有种奇怪的感觉。他感到自己的第六感在同时把他向两个完全不同的方向拽。

怎么可能这样呢？

他知道自己必须有所行动，但是第六感把他搞糊涂了。芦苇在他耳边轻语，身后是酒吧的喧嚣声，周围还有汽车的轰鸣声，阳光在水上跳跃，长长的野草随风摇摆，一只蜻蜓正瞪着大眼睛盯着他。在这种环境下，他还是感觉到有种力量在向两个不同的方向拽拉他。

摩今闭上了眼睛。

他马上知道自己需要怎么做了——他必须把自己所有的感官关掉，只用第六感。他静静地坐着，尾巴紧紧地缠在身子上。

他在内心深处倾听着第六感。第六感立即告诉他有两个不同的地方需要他。他在脑海中画出了两条路线，然后朝着其中一条跑了过去。

"但是我也会来帮你的!"他大声喊道,虽然并没有谁可以听到,"我等会儿就到你那儿去,别着急!"

地上有的地方很干爽,有的地方泥泞不堪,摩今撒开爪子一路狂奔。他毫无目的地沿着河边往前跑,用第六感和胡须来指引自己,直到他发现自己已经到了必须到的地方。

然后摩今重新开启了自己的感官,放慢速度,让自己的步伐变得平缓而轻柔。他轻轻地走着,最后来到了一个哭泣的声音旁边,现在他可以清晰地听到这个声音了。

"噢,有谁能来救救我吗?噢,天哪!噢,天哪!住在河岸的朋友都去哪儿啦?"

摩今把脑袋从高高的芦苇丛中挤进去,往里看。

"哇!"他看到了那只白色的鸟,大叫起来,"哇,你看起来就像一位皇后。"

"一个没人为她捍卫王冠的皇后!噢,求求你,你能救我吗?我的蛋呀,我可怜的蛋呀。"

摩今看到她正坐在河岸边一团乱糟糟的巢上。

"你是什么?"摩今问。

"我是一只天鹅。"

"天鹅?"摩今重复着,他很喜欢这个词。它听起来很酷,同时又让人感觉很平静,好像这个词生来就是要在河中游似

的。"我还从没见过像你这样的动物呢,你的羽毛白得闪闪发亮,就像我脖子上的圆圈一样。"

"噢!快点帮帮我吧,我要吓死了!"她说,"他已经吃掉我两个蛋了,现在他想把其他的都吃掉。"

"谁想吃它们?"

"他!"就在这时,河水中间泛起了涟漪,涟漪的中心露出了一个黑色的头,头上长着一双又小又亮的眼睛,两个尖尖的耳朵。"饿!"那个动物说完,又消失在了水中。

天鹅从巢里站了起来,拍打着翅膀。翅膀扇起了风,把摩今的毛都吹平了。"啊,不要啊!啊,不要啊!"她叫起来,"他要过来了!"

"饿!"那个头说着,又一次带着涟漪从河里露了出来。这次比刚才的距离更近了。"饿!想吃蛋!"然后又消失了。

天鹅站在她的巢上。摩今可以看到里面有四个蛋，又大又白，泛着光。

河边传来轻轻的拍水声，那个动物拖着身子爬出了水面。"一个蛋，"他说，"给我！给我！"

摩今飞快地说："先生，如果你想吃东西的话，我可以给你拿一些吃的东西来。"

"什么东西？什么东西？"那个动物问，闪着亮光的小眼睛转向了摩今。

摩今想了想黑板上的字："很多东西，你喜欢吃的任何东西。"

"我想吃蛋。"那个动物说，"要么我现在把它们都吃掉，要么就等着你的小宝宝出生了，我再吃他们。"

天鹅哭喊了起来："噢！我真希望我的丈夫在这里！"

"他被缠住了，"那个动物说着，狞笑了起来，"就在下游。捕鱼网把他的大长脖子给缠住了。你再也不会见到他啦！给我蛋！"

天鹅把头埋到了翅膀下。

"请不要骚扰她，"摩今说，"我可以给你拿来食物，不要动她的蛋。"

"我还要连你一起吃了呢！"那个动物说着朝摩今露出了锋利的獠牙，"我要把你也吃了，吃个精光。"

"啊！小心啊！"天鹅叫道，"他说到做到的，他非常危险！"

"我不喜欢打架，"摩今说，"我喜欢和平。"

"和平？"那个动物大笑了起来，河里的水被他溅到了岸上，"我讨厌和平！我喜欢打架！我是一只水貂，我就是为打架而生的。"

摩今心里明白他说的是真的，第六感的白色热潮在他全身涌动，不断地告诉自己现在非常危险，祸在旦夕。

那只水貂弓起身子，伸出爪子。

摩今最后一次试图说服他："我可以给你拿来食物，如果——"

但是他说不下去了，因为就在这时候，他感到自己失去了呼吸，脖子疼痛无比，耳朵里传来了一声尖叫，整个世界顿时陷入一团漆黑。

Chapter 8 第八章
最担心的事情正在发生

这一切来得如此突然,剧烈而凶猛。摩今什么也看不到,因为他的头被深深地压到了地上,面部朝下,埋进了岸边的泥土里。但是他能够感觉到有爪子和牙齿在撕咬他,那些爪子和牙齿比他自己的更锋利、更凶残。他想转过身子去抓,但是敌人非常凶猛,他的耳边、他上方的空气中一直充斥着水貂那尖细的狞笑声,还有天鹅哀婉的哭喊声。被这样的声音环绕着,又处在出离愤怒的状态下,摩今无法控制自己的第六感了,他无法集中注意力,无法思考。不过就在这时,他知道自己该怎么做了。

就在这时,他决定关闭自己所有的感官,只用第六感。

周围安静了下来。没有声音,也没有痛苦。在那个空间,他可以集中注意力了。

他立刻知道了三件事情。

第一件事情是,他必须战斗,否则就会在这个河岸边再失去一条性命。他知道现在已经丧失了和平解决的机会。

第二件事情是,他需要自己的尾巴。

在被猛然推倒的时候,摩今的尾巴被他自己压在了身下。如果能把尾巴抽出来,他就可以一跃而起,将水貂从自己身上推开,这样他就可以战斗了。

第三件事情是,他必须骗过水貂。

摩今知道自己该怎么做之后,又重新开启了自己的感官。

摩今停止了挣扎,安静地瘫在地上,好像死了一般。压在他身上的水貂为自己的胜利而洋洋得意,兴奋地发出尖厉的叫声。他将自己的爪子从摩今身上撤开,后腿站住,锋利的小嘴巴张得大大的,准备大快朵颐。

就在那一瞬间,摩今抽出了尾巴,一跃而起,继而从柔软的掌中伸出了十八个闪闪发光的爪钩。着陆的过程中,摩今都可以听到爪子切割空气时带来一阵阵悦耳的嗖嗖声。摩今感觉自己的爪子穿过了湿湿的毛发，扎进了皮肤里，这是他以前从未经历过的。他不喜欢这种感觉，但是他知道只有这样做才能保住自己的性命，才能保护天鹅的那些蛋里即将诞生的生命。

水貂又怒又疼，发出了一声惨叫。

那声音实在太可怕了，摩今瞬间放开了他。

摩今向后弹跳到地上，吃惊地看着自己的所作所为带来的后果。就在这时，水貂发出了低沉的嘶叫声，又一次站了起来。

"那又是谁？"他看着摩今身后问道。

"小心！"天鹅惊叫起来。

摩今意识到肯定有什么地方出错了，而且是极其严重的错误，因为他闻到了雨水打在草和小花上的味道，闻到了这个世界上最美好的味道，但是这一切都不应该出现在这里，至少不应该是现在。

"不要！"他大声喊道，但是水貂已经越过他，向他身后猛扑了过去。

天鹅尖叫起来，摩今听到了一声可怕的声音。摩今感觉自己已无法转身，也不敢转身，恐怕看到他所害怕发生的事情真的发生。

然而他还是转身了。

事情也真的发生了。

在他面前悬空着的，是小柔。

她被水貂用尖锐的牙齿叼着，发出了痛苦的呻吟声。她的爪子在水貂的嘴边无力地下垂着，蹭着水貂胸前的皮毛晃来晃去。

摩今像被定住了一样。

他什么也做不了。

他僵在了那里。

他感到深深的恐惧。

就在这时，空中传来震耳的嗷嗷的叫声，霍雷肖从空中猛扑下来，用他的爪子把水貂袭倒在地。水貂吓了一跳，小柔从他的嘴巴里掉落下来，滚到了地上。霍雷肖降落到地上，站在小柔身上，两条腿环绕着这只受伤的小猫。"打呀，摩今！她在我这里了。你只有跟他打，她才可能得救。我会保护她的。快！他又朝你来了！"

听到这话，摩今用尾巴支撑着，腾空而起，发出了一声足以刺痛在场所有动物耳朵的声音。他伸长了爪子紧紧抓着水貂，牙齿一下穿过水貂柔软的皮毛，咬住了他的喉管。摩今死死咬住，水貂尖叫着，扭动着身子试图甩掉摩今，但是摩今丝毫不松口，然后他猛地一甩，把水貂扔了出去，水貂扑通一声落到了河中心，河水立即把他吞没了。

天鹅嘶嘶地叫着站了起来,不过水貂并没有再出现。

摩今跑向小柔。霍雷肖站到了一边。

摩今发出了一声惨叫,因为他最担心的事情正在发生。

小柔正在失去一条性命。

Chapter 9
第九章

第二条性命

"小柔?"摩今向着一片黑暗喊道,小柔可以听见他说话,但是他的声音好像很远很远,她的爪子怎么也够不着他,眼睛太沉了,无法睁开。"小柔,我在这里!一切都会好起来的,我发誓!你就放它走吧!它走了,新的就会来了,一切会很美好的。"

小柔可以听到他说话,但是她很痛,她所有的感官都觉得疼痛,她不确定自己是否可以放它走,因为如果放它走了,接下来会发生什么呢?会像从一堵很高的墙上掉下去那样吗?

"我举爪发誓,"她听到他说,"我会在这里接住你的。"

"是摩今。"她想。她不知道自己身处何地,无法分辨真实与虚幻。"是摩今,他是我的朋友,我最好的朋友。"

于是小柔放手了。

在自己的体内,她突然看到了绚烂多彩的颜色,所有美好的感觉——从她第一次被她的小主人抚摸,到遇到摩今,到他们友谊的点点荧光,到探索,到在海边奔跑,再到所有最美好的味道和气味——都同时在她体内涌动。

那股奇怪的感觉开始消失。令人难受的梦中那股失重感开始消退,重重的地心引力又回来了。小柔又感觉到了真实的世界。

她睁开淡绿色的眼睛,发现有一双明亮的绿眼睛正在上面看着她,在她因两条性命的交替而感到下坠的时候,黑色的爪子一直紧握着她。

"噢,小柔!"摩今说,"我真的担心极了!"

"摩今!"小柔说,"我当时想……我也不知道我当时想什么了。我被那个动物咬住了。"

"别说了,小柔。我想都不敢想。你脖子还疼不疼?"

"有一点,"她说着,揉了揉皮毛,"唔,我现在还能感觉到他的牙齿在我的肉里面。他咬住了我,摩今,他……"

"嘘!小柔。"他把脸埋到小柔的毛里,小柔感觉到他浑身上下都在轻轻地颤抖。"我以为我失去你了。要不是霍雷肖……"摩今抬头看了看海鸥。"谢谢你!我一辈子都会对你感激不尽。"

"别这么说,老兄,这是我应该做的。那个让人恶心的水貂,他以前还杀死了我的一个表兄弟。"

"摩今,你那漂亮的白圈,有些地方被咬掉了……噢,天哪!你在流血!"

"噢,这不严重,我又没有丢掉一条性命,可是你却丢了一条命,我心里真是……"

小柔用爪子搂住了他,脸靠在他的脖子上。摩今觉得,他们两个的心在一起跳动的感觉就是这个世界上最美好的感觉了。

过了一会儿,霍雷肖轻轻咳嗽了一声。"打扰了老兄,不过如果你们不需要我的话,我就走了啊!"

这时摩今想起来了,而且他的第六感也在拽他。

"霍雷肖,你做了很多了,可是还有一件……"

"说吧,摩今。"

"我们需要你的翅膀。"

"听你指挥。"

"天鹅找不到她的丈夫了。他在下游的某个地方,被渔网缠住了。第六感告诉我他还活着,你能飞过去看看吗?"

"没问题。"海鸥说着飞向了天空。

"你起得来吗?"摩今问小柔。

"嗯,我想应该可以。"她说着站了起来。

"需要把你送回你的主人那里,你的脖子受伤了。"

"对，我需要那些会有些刺痛的东西，你也是。但是如果我的主人看到我这样，她肯定会把我送到兽医那里的，我讨厌去兽医那里。我知道兽医能让我们变得更好，但是不知道为什么，我总觉得她只会让我更糟糕，而且我也想帮忙，摩今。好了，告诉我吧，你要去帮谁？是那边那只美丽的天鹅吗？"

"你太聪明了，小柔，我以前都不知道那是一只天鹅。"

"我见过她很多次，她老沿着河水游来游去，但是我有一段时间没有见到她了。我现在知道了，她在孵蛋。你能介绍我们认识吗？"

"当然。"

"天鹅，这是我的朋友小柔。我的名字叫月光之猫摩今。"

"我真不知道该如何感谢你们，"天鹅对摩今说，"我甚至已经找不到合适的词语了。"

"噢，没事的，天鹅，"小柔说，"摩今是世界上最善良的动物，他看不得别人受苦，他只是觉得自己必须去帮助他们。"

一瞬间，摩今觉得自己的皮毛发烫，他低下头看着自己的爪子。

"那只水貂还抓伤了你，"天鹅对小柔说，"而我却什么忙也帮不上，因为我的小宝宝很快就要出生了。我能感觉到他们马上就要出来了，我不能离开巢，因为我的丈夫也不见了……"

就在这时,霍雷肖啾啾地叫着飞回来了,降落在地上。"我找到他了,但是得赶紧,摩今。就像你说的,他被渔网缠住了,而且已经饿坏了。即使我们费力把他救出来,他也可能回不来了。他太虚弱了,他需要吃的,而且要快。"

天鹅发出了一声痛苦的惨叫。

"对不起,女士。"霍雷肖对她说道,轻轻低下了头。

"噢,天鹅!"小柔喊道,"你们吃什么?我能给他送去点什么吃的呢?"

"水生植物,还有小鱼那样的生物,可是这些你都没办法弄到。不过生菜和面包也可以。"天鹅说,"啊!拜托请快一点,我可怜的丈夫呀!"

"生菜很容易,摩今,人类经常把生菜剩在盘子里,面包也是。"

"你不能自己去,小柔,你身体还不行。霍雷肖,你能飞着跟她一起去吗?我可以用第六感找到天鹅。你为小柔引路,带她回到正确的地方。"

"好的,摩今。他不远,一点也不远。"

"哇喔,我真喜欢我的第二条性命,"小柔说,"简直充满了刺激。我去拿食物,你去救天鹅——你知道我可是跑得超级无敌快,摩今。待会儿见!"

小柔尾巴轻轻一摆,奔跑着开启了她第二条性命的新开局,霍雷肖同时在空中飞翔。摩今则跟随着原来脑海中刻画的第二条路线,飞快地奔向河岸下游,能跑多快就跑多快。

Chapter 10 第十章

守护的目光

摩今看到竟然有动物饿成这般惨状，心里很不好受。不过他不得不先把自己的感受暂时放到一边，集中精力来营救他。渔网缠住了天鹅的脖子，在上面紧紧地打了个死结。摩今发现很难通过解开这个死结把天鹅救出来，因为如果拉动绳子的一端，只会让另一端缠得更紧。摩今同时也看得出来，天鹅已经尝试过很多次去挣脱渔网，现在他已经没有力气说话了，脖子无力地耷拉着。

他轻轻地抽动了一下，想要躲开摩今。

"别动，天鹅，"摩今说，"那样只会让情况变得更糟。我是你妻子的朋友，她正在离这里不远的河边孵蛋。"

天鹅抬起头，眼神呆滞地看着摩今那双炯炯有神的眼睛。

"我已经帮她打败了水貂，现在我来帮你了。"

听到"水貂"这个字眼，天鹅尝试着想要扇动翅膀，但是他太虚弱了,根本无力抬起翅膀。

"请待着别动,"摩今说,"我一会儿就回来。"

摩今顺着渔网,一直走到了它的尽头,他立刻明白怎么回事了。一个粗心的渔民将旧渔网扔到了河岸上,渔网的一头缠在了对面河岸的一根木头柱子上,可怜的天鹅游过的时候,渔网的另一头把他给缠住了。这个渔民还在河岸上丢弃了一个塑料瓶,以及其他一些散落的垃圾。

摩今沿着河岸走得更远一些,终于找到了河面最窄的地方。虽然河水曾带给他痛苦不堪的回忆,摩今还是很勇敢,他把尾巴高高支在空中,猛然一跃……跳到了河的对岸。

摩今用自己锋利的爪钩仔细切割起缠在木头柱子上的渔网,至少这样天鹅就不用再被限制在木头柱子附近,可以挪动了。

紧接着,他又跳回河这边,跑回天鹅被缠住的地方。摩今一边对天鹅说着安抚的话,一边一点一点地啃起缠在天鹅柔弱脖子上的渔网来。他害怕自己拽绳子的时候会伤到天鹅,而事实上也确实伤到了。有一个可怕的瞬间,天鹅疼得抽搐起来,但是终于他被解救了出来。

天鹅立刻把嘴巴伸到河水里喝了起来。他抬起头,喘了口气,又埋下头去继续喝。

喝了两大口清凉的河水之后,天鹅抬起头,嘴巴上滴着水,问道:"我的妻子怎么样了?"

"你的妻子现在很好。"

"那蛋呢?"

"还有四个。"

天鹅发出了一声低吼。

就在这时,天空中传来了嗷嗷的叫声,生菜和面包片从空中掉到水里。天鹅弯下脖子,吃了起来。

"谢谢你们,"天鹅说,"我恐怕没有力气游到河那边去,但是我需要去看看我的妻子。"

"先在这里歇会儿吧,"摩今说,"还有一些吃的马上就送来了,吃饱了才有力气。"

"那只水貂,"天鹅问,"他是不是吃了我们另外那两个蛋?"

"恐怕是的。"

"那他没有伤到我妻子吗?"

"没有。"

"那你身上的这些伤痕呢?是那只水貂的杰作吧?"

摩今看看河水里自己的倒影,看到自己白色的项圈被拽得乱七八糟,而且小柔说的没错,他在流血。"是的,不过会重新长好的。"

河岸上,小柔来了,叼着面包和生菜,嘴巴里塞得满满的。

她把食物扔到河里,天鹅狼吞虎咽地吃了起来。

"唉,可怜的天鹅,"小柔看着瘦弱的天鹅说,"我再跑去拿点,别担心,我跑得很快的。"

"这是我的朋友小柔。"摩今说道,目光却不自觉地从小柔身上移开了,因为她原来有九条充满活力的性命,现在却只剩下八条了。

"别这样,摩今,我现在很好,而且我很喜欢现在这条性命。我不可能永远只做一只小猫咪的。我不能一辈子只是待在篮子里过日子,不出来探索或者帮助别人。那根本不能叫活着。现在我再去取一些面包和生菜来,我会很快的。"她伸出鼻子,碰了碰摩今的鼻子。他们俩就那么你看着我,我看着你。过了一会儿,她转身沿着河岸跑了起来。

"那只水貂伤害了你的朋友?"天鹅小声问。

摩今打了个寒战。"对,他杀死了她的一条性命。"

"我真的很抱歉。那只水貂一个月前来到了我们在河岸的家,他吃掉了翠鸟,还……干了很多坏事。他什么都想吃。他脑子里就只有杀杀杀。我真希望他永远不要再出现了。如果你除掉了那只水貂,那你真是一只勇敢的猫,给我们的河岸社区重新带来了和平,对这里所有的动物来说,这都是一个大好的消息。"

这时,更多的面包和生菜从空中飘落到河水里,天鹅低头吃了起来。

"我现在准备好了。"天鹅高高昂起长长的脖子说,摩今在他望向自己的眼睛里看到有光在闪烁。"谢谢你们的帮助,我永远、永远都不会忘记你们对我和我妻子的恩情。希望我能再次见到你们,如果这不是我最后一次旅行的话。"

"我也希望如此,"摩今回道,"再见,天鹅,就此别过!"

摩今目送着天鹅慢慢朝河水上游游走了。

"好了,老兄,振作点。"霍雷肖说着降落在河岸上,"小柔现在和她的主人在一起,并且被带去看兽医了。她想让我告诉你,她很好,而且今天傍晚就会和你见面。"

"哦。"摩今说。

"别难过了,摩今。找兽医就对了,他们会给动物治病的。"

"我知道,可是我感觉非常不好。我帮助了别人,却弄伤了我的朋友。"

"别这样,"霍雷肖说,"不是这么回事。是那个坏水貂伤害了小柔,不是你。"

"小柔失去了一条性命。"

"我知道,但是她还有八条啊,够活好长一段时间了。她还告诉我说,第二条性命是到目前为止她的最爱,因为是从帮助别人开始的。快回家等着她吧,小伙子,你很快就会见到她的。"

然而，当天晚上小柔没有被允许出门。窗户一整晚都紧紧地闭着，连空气都不能自由出入。小柔被牢牢地限制在篮子里，她也没有享受讲故事时间，因为她早早地入睡了。

整个晚上摩今都坐在窗台上，他根本就没有到地窖里去睡觉，而是一直把鼻子紧紧地抵在窗户玻璃上。直到第二天早上小柔的小主人起床，他看到小柔从篮子里欢快地跳了出来后，才拖着疲惫的双脚和酸痛的脖子，下到了地窖里。他在地窖里沉睡了一整天，就连小柔来给他上药、用温暖的爪子环抱着他，他都不知道。

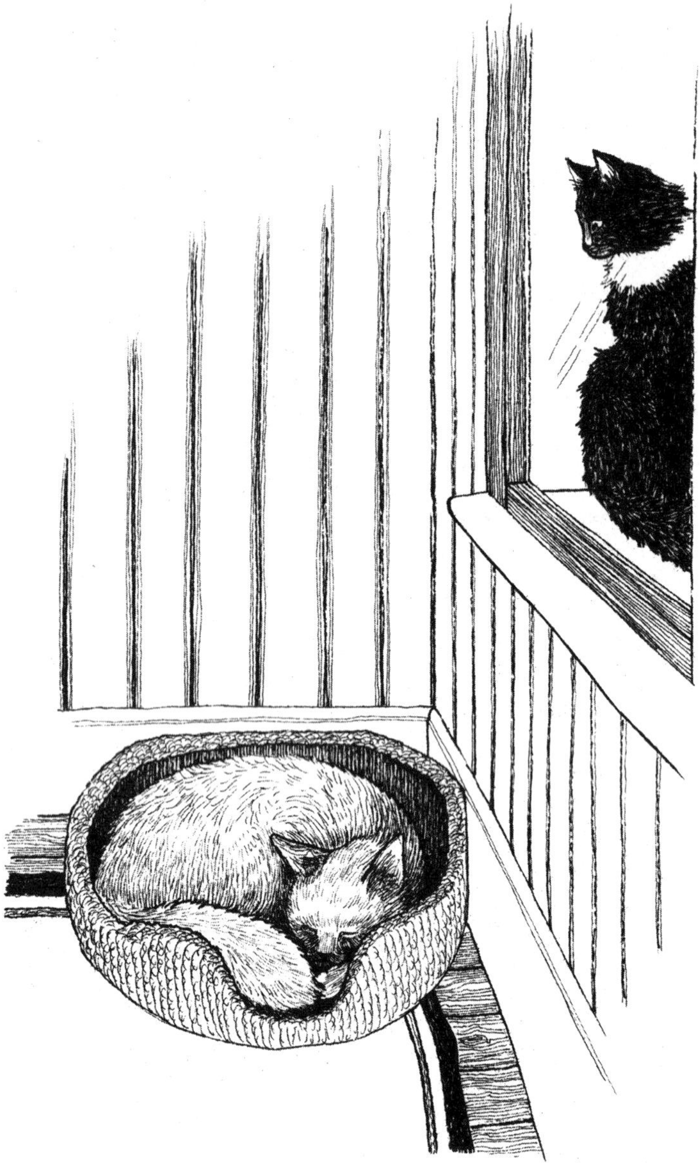

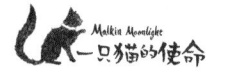

Chapter 11
第十一章

夜晚的召唤

这段时间小柔的主人看她看得很紧,即使天气很热,晚上也都是把窗户关得严严实实的。摩今的心情变得沉重起来,他没有机会跟小柔倾诉全部的真相——拽拉他离开的力量正在日益增强。有时候那力量甚至强大到让他感觉自己生病了,仿佛置身波涛汹涌的海面上,狂暴的海浪推着他,跌宕起伏。

一天晚上,摩今抬起头看着月亮,想要向她寻求帮助,可是月亮却被朦胧的云彩遮住了面庞。

突然之间,他感到有种力量在召唤他去帮助别人。

他立刻感觉到这样做就对了,就圆满了——这就是他,这就是他来到这个世界的使命。

那召唤来自河岸,自从上次帮助了天鹅后,他就再也没有去过那个地方。从那次之后,摩今每天晚上都在清理从海里漂来的垃圾。被扔到水里的垃圾实在是太多了,大大小小的动物都受到了危害。

还有一个原因让摩今至今未去河岸——他实在太担心那只公天鹅了。

他担心那只天鹅没能活下来。

不过现在既然有力量召唤他去河岸,摩今也就朝着河岸跑去。他将自己的感官全部打开,不一会儿就跳到了芦苇丛中。他跑得飞快,就像那些为他梳理毛发、在他耳边低声诉说自己旅途故事的风儿一样。

看到那个塑料瓶的时候,摩今感到既难过又愤怒。有一只很小的动物被关在了瓶子里。那只小动物抖得实在太厉害了,以至于摩今开始为他的心脏感到担忧。

"请不要吃我,猫,"那只小动物尖叫起来,"请别吃我!"

"我不会吃你的,"摩今说,"我发誓。别害怕,我是来救你的。待在瓶底别动,我把瓶颈割开。千万别动,我的爪钩可是锋利无比的。"

那只小动物没有吱声,摩今于是高高举起爪子,嗖的一声亮出爪钩,干脆利落地一下就把瓶子割开了。

"我比以前厉害了,"摩今心里想,"我的爪钩比以前更锋利了。"

那只小动物在瓶底缩成一个球,尾巴紧紧地缠在自己身上。

"快爬出来吧,"摩今说,"你肯定又饿又渴。快点出来,喝点草上的露水，呼吸一下夜晚新鲜的空气。虫子正在地下挖土，草也很香甜。"

"不，"那只小动物说，"我还是缩在这里头吧，我会紧紧闭着眼睛的，这样你伤害我的时候我就看不到了。"

"你是什么，小动物？"

"我是一只田鼠。"

"你长得像一只小老鼠。"

"不是老鼠，"那个细细的声音说，"是田鼠。"他用闪亮亮的黑色眼睛偷偷瞥了摩今一眼，小圆鼻子深深地吸了一口气。"啊——"他长出一口气，接着又发起抖来。"进得来，却出不去了。"

"你现在解放了，田鼠，"摩今走得离瓶子远了一点，"我不会伤害你的。"

"噢，这个世界闻起来太美好了！"田鼠说着跳了出来，落到芦苇丛上，开始喝起露水。然后他在地上打了个洞，急切地吃起草根来。"我爱这生命。"他一边说，一边用力咀嚼着。

吃完后，他最后抬头看了摩今一眼。"你不像我以前见过的或者听说过的任何一只猫。"

他飞快地左右扫了一眼，然后在摩今的注视下，转身刺棱一下跑进了茂密的草丛里，不见了踪影。

就在这个时候，月亮把自己面庞上的一抹云彩拨开了。

"你做得对,月光之猫摩今,"月亮现身说,"你守护了我的河流和大海,还保护了生活在这里的动物们,你做得很对。"

"谢谢您,月神。"摩今说着鞠了一躬,鼻子紧紧贴到了草地上。

"不过,我赐你的圆环出了什么事吗?"

"因为一只水貂,月神,他把我的毛拽脱落了。"

"闭上眼睛,摩今。"

摩今照做了。他瞬间感觉到自己的血液和肌肉中涌动着一股美好的力量,这股力量缓缓地到达他的耳朵和尾巴,经过胡须,最终抵达他的心脏。

"起身吧,月光之猫摩今。"

摩今便站了起来。

"你很快就会离开这里的。"

"我知道,月神,我已经感受到了召唤。"

"可是你很悲伤。别畏惧召唤,召唤是你的命运,害怕命运就是害怕你自己。记住,你的内在是与众不同的,你会度过很多次美好的生命。"

"好的,月神,我会的。"

"但是你很清楚,你还没有找到自己的家。"

"嗯,可是我希望我的家就是地窖。我希望和小柔生活在一起,我希望和她在一起……"但是他说不下去了。

星星叮当作响。

"星星!"月亮轻斥了一声,星星们又重新回到原来的音乐节奏中。"有一天你将会被召唤到一个新家去,摩今。你知道的,当你被召唤的时候,你就必须要离开。"

"我会离开的。"摩今回道,但是他的心跳得厉害,脑子里全是小柔的模样。

"没错,你会离开的。你会去一个地方,那里的动物们都特别需要你的善良。祝你一路好运,月光之猫摩今。"

"谢谢您,月神,祝您晚安。"

"对于我来说,夜晚一向都是安好的,摩今。"月亮说着,照亮了河流,"现在你看!"

摩今看向河里,他看到两只白天鹅沿着银色水流的方向在游泳。

"啊!"摩今叫了起来,因为就在下一刻,他看到了四只棕色的小天鹅跟在他们身后,随着河水起伏漂游。摩今心花怒放,感觉好极了,天空中的星星都为他奏起了高八度的音乐。

月光之猫摩今高高地跳了起来,然后朝着他的朋友奔跑过去,一路大声喊叫着,满满的喜悦从猫儿小小的身躯中溢了出来。

Chapter 12 第十二章
奇怪的牌子

月圆又月缺,一个月过去了,两只小猫像其他小猫一样,都长大了。一天早上,小柔满是兴奋地跳到了地窖里。

"摩今!摩今!醒醒!快到酒吧去!戴着帽子的人爬到脚手架上了,他们在挂牌子。快来,你会念,我知道你肯定会,这段时间你已经很会认字了!"

两只猫从地窖盖门中跳了出来,坐着看脚手架。

"看那边,标牌上写的什么,摩今?"

"我不……太难了……我不知道。"

"慢慢来,一个字母一个字母地看。大写的字母是什么?"

"F是Fish(鱼)的F,S是Swan(天鹅)的S,我喜欢字母S,就好像是画了一只小天鹅在河水里游泳。"

"很好,摩今。那小写的字母是什么呢?"

"有一个 or，是'或者'的意思，还有一个 ale[1]，那是人们到酒吧喝的一种东西。"

"太棒了！那现在把它们像好朋友一样连在一起吧。"

"F-or S-ale。出售！"

"干得漂亮，摩今！这是写给人们看的一个牌子，意思是说这里有好多东西要卖——你可以买蛋黄鱼子酱、奶酪，还有牛排、炸薯条之类的，就是那天晚上你在长椅上跑时碰翻的那些东西，那个没有头发的男人还因此大声吼你呢。"

"主厨不得不出来又多送给了他一些。"

"主厨确实特别生气，不过那也没有上一次那么生气，就是你用大尾巴把一个玻璃杯给扫到地上去的那次。"

"可是人类不应该那样去诱捕马蜂，他们吓坏了。"

"但你打碎了玻璃杯，主厨气坏了。摩今，他一向对你很好，还拿剩下的食物给你吃。"

"我知道，我也很感激他。可是没有一种动物应该被抓。别生气，小柔。"摩今用鼻子碰了碰小柔的鼻子，又用头拱小柔，直到小柔终于又笑了起来："你也是这样认为的吧，你牺牲了自己的一条性命，但是现在有四条新生命正在河里游泳。"

"你倒是提醒我了，主人说我今天晚上可以出来玩。"

---

[1] ale：意思是麦芽啤酒，是酒吧中提供的一种酒。——编者注

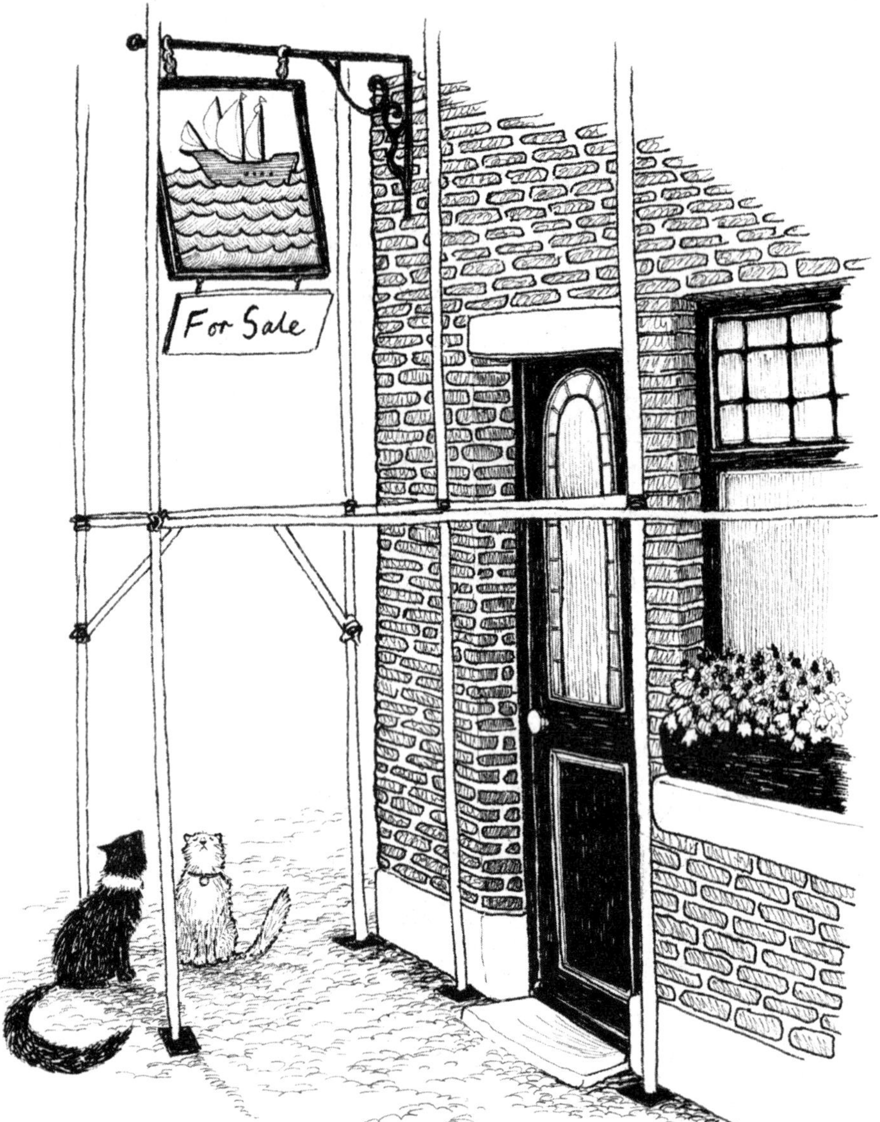
For Sale

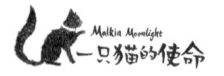

"万岁！终于可以了！"

"因为今天晚上是一个非常特别的夜晚，我刚听了一个关于它的故事。今晚叫仲夏夜，因为它正好在夏天的中间，今天的白天是一年中最长的白天，夜晚则是一年中最短的夜晚。那本故事里有图画，上面是漂亮的鲜花和小精灵。小精灵有点像小矮人，但是长着翅膀，会魔法。"

"我从来没有见过小精灵。"

"我感觉我见过一次，但是也可能就是一只蝴蝶，她飞得很快。也许今天晚上咱们能见到一个，也许她会降落到我的红色天竺葵花上。"

"但愿如此！这真令人兴奋。想象一下，会飞是什么感觉呢，小柔。"

"噢，我也希望自己会飞。可是好奇怪啊，是不是，摩今？"

"什么？"

"你看黑板上都已经写清楚要卖的东西了，酒吧里面也有黑板写得清清楚楚有什么东西可以买来吃，那为什么还要再挂一块标牌呢？你怎么想的？还有什么可以卖的，摩今？"

"我不知道，小柔，我可想不出来。"

Chapter 13
第十三章

世界已不同于以往

夜晚要等很久很久才能来。摩今实在太兴奋了，所以最终还是来早了。他跳到窗台的箱子里，鼻子压在玻璃上，往里看着小柔。当看到小柔蜷缩在主人床脚的篮子里时，有一个小小的声音从他的心底不由自主地冒了出来：看起来她就是属于主人的一只家猫，好像根本没有在外面跟他一起过。

紧接着，有一双浅绿色的眼睛仿佛被逐渐暗下来的光点燃了一般，出现在玻璃的另一侧。摩今情不自禁地将爪子抚到玻璃上，隔着玻璃，小柔将自己的爪子跟他的贴到了一起。他们彼此凝视了一会儿，接着小柔便挪开爪子，从窗户里拱了出来。

"你看到一共用了多长时间才天黑吗，摩今？我实在是太兴奋了，只要我一兴奋，时间就会过得特别慢。你晚饭吃的什么？"

"就是你留给我的那些。"

"就只吃了那么多？你已经长得很大个儿了，看看，窗台上的箱子都快盛不下你啦！可是你还是太瘦了，你需要多吃一些，比我留给你的要多，也许你该去捉只老鼠来吃。"

"噢，不行！小柔！以后再也不要这么说！老鼠是我的朋友，我跟他们一起分享食物。"

"啊？摩今！"

"别这样，你不用为我担心，我已经拥有了我所需要的全部。"

"全部？"

"只要有你在我身边。"他不假思索地脱口而出。

小柔朝他眨了眨眼睛。

摩今感到自己的脸发烫，他有种眩晕的感觉，好像突然之间自己的各种感官都同时超负荷运转了，"我们爬到屋顶上，去寻找魔法吧！"

小柔抬头看了看，"可是那里实在太高了。"

"你会喜欢的，小柔，高处就是属于月亮和猫的。"

"我不确定自己有没有那么勇敢。"

"你当然有了！还记得你之前是多害怕跳过海堤吗？可是之后你就喜欢上了探索。你还记得自己那时在河岸边是多么勇敢吗？快来吧！"

"噢,摩今……"小柔微微笑了起来,"我总是无法拒绝你。"

两只猫纵身一跃,然后往上爬,一直爬到酒吧的屋顶。屋顶并不是平的,而是像波浪一样起伏,他们不得不先爬上一侧,然后又往下滑。

"再来!"小柔说着,再往上爬,再往下滑,再往上爬,再往下滑。

"我还从未离月亮如此近呢!"小柔笑了起来。

"我就知道你会喜欢这上面的,小柔。"

他们在高高的老烟囱下坐着,肩并着肩。他们的尾巴尖一不小心碰到了一起,犹豫了一下,然后像问号一样相互缠在了一起。

摩今转向新月,努力试着想要倾听她。可是今晚的月亮实在太小了,挂在天空中,小小的,像猫的一个爪钩一样。

"下个月会有一次蓝月亮[1]。"小柔说,"一个月里有两次满月,我觉得会发生一些特别的事情。"

"还会有特别的事情?"

"还会有。"

"我无法想象还有比今天晚上更特别的事情。"摩今说

---

[1] 蓝月亮,通常有两种释义:第一种是,如果一个季度中有连续四次满月,那么第三个满月则被称为蓝月亮;第二种是,如果一个月中有两次满月,则第二次满月被称为蓝月亮。实际上月亮的颜色并不是蓝色,通常用来比喻很少发生的事情。——译者注

着,久久地凝视着小柔,时间远远超出了说完这句话所需要的时长。

"嗯?"小柔说。

摩今咳嗽了一下。"小柔。"他最终只说出了这一个词,就说不出别的话来了,好像突然之间他所有的话都只能憋在心中。所有的气味、味道、看过的东西、听到的声音,以及内心的感觉——他曾用爪子或者鼻子去感知的每一样东西,曾经每一次用尾巴完成的上下跳跃,交过的每一个朋友,听过的每一种声音,甚至和水貂打过的那一架——所有那些过往的感受都在他的体内激荡。好像突然之间,他变得通透而轻盈,一下子失重了。摩今想,这一定就是小精灵们在黑夜的魔法中飞舞的感觉。

"嗯?摩今?"

"我想我可以感觉到魔法。我觉得现在就能感觉到魔法就在我身边。"

"对,"小柔轻轻地说,"我也能感觉到。"

摩今抬起鼻子,对着小柔的鼻子蹭了蹭,感觉却与小时候不同了。这是一种全新的感觉。

明亮的绿色眼睛注视着浅绿色的眼睛,久久不舍离开。

当他们再次前行的时候,他们知道世界已经不同于以往。

Chapter 14 第十四章
因为你与众不同

在这个满月之后到下一个满月之前的这一段日子里,无论走到哪儿,摩今脑子里都在想着两件事情。

第一就是小柔。他无时无刻不在想她,即使在想别的事情时,他也经常不由自主地想起小柔。

第二件事就是关于家。

月神曾经跟他说过,他会找到一个新家,所以摩今知道自己的命运并不是在这里终老此生。他曾经见过一艘名叫"假日"的船,它被一根又粗又大的绳子拴在岸上,随着海浪的起伏,一会儿被冲到岸边,一会儿又被拽到大海里。摩今觉得,当新家的召唤来临时,那股力量就会像那绳子一样拖拽自己。到那时,他就必须要走了,因为他承诺过月神。但同时他也知道,如果小柔不跟他一起走,他就不能离开。他不能扔下她不管,因为如果没有她,自己的任何发现都会变得毫无意义。

他知道小柔也在想这件事。当她在沉思的时候，他能看得出来，因为那时的她会显得很忧伤，而且她会在之后抬起头望向主人睡觉的屋子。她知道摩今是什么感觉，她也知道他不可能永远待在这里，可是她又怎能离开呢？

摩今希望一切都能保持不变，但是他能感觉到其实周围的一切无时无刻不在变化，而他也知道发生这些变化才是正确的。树叶会飘零，花瓣也会凋谢，即使他用两只后爪支撑着身子去按住树叶和花瓣，也无法阻止它们被风儿吹走。他不可能说服月亮永远保持满月，也无法劝说鸟儿永远待在这里，更无法跟鱼儿说水面下危机四伏，所以不要四处游走，哪怕所有这些变化都给他带来了一种不祥的预感。

他能做的只有一件事，但是他不确定小柔会不会愿意。他想问她的那些话，要是她能答应就好了。

正在摩今思考这件事时，霍雷肖飞来了。

"哟吼，摩今，你看起来好像魂不守舍的样子。"

"如果连舍都没有，怎么可能魂不守舍？"

"你还有大海和天空啊！"

"太好了，这么说，我没有魂不守舍。"摩今说。

海鸥侧过头来，打量着这只猫。"当然啦，现在这里就是你的家，你在这里跟小柔在一起。你是打算丢下她自己走吗？"

"噢，不，当然不，我永远不会那么做的。她是我的一切。她是我的天、我的地，霍雷肖，比天地都重要。比我所有梦想得到的东西都重要。永远不会。我永远不会离开她的。"

摩今把心里话都说了出来，听起来有种怪怪的感觉。这些话好像因为他跟别人说了而变得更真切了一样，他感到既高兴又难过。

"那你为什么还想要离开呢，老兄？你在这里有朋友，还有每只猫都喜欢吃的各种美味的鱼。"

"我身体里有股力量，它现在变得越来越强大，准备要拽我离开。"

"每到傍晚，我的体内也会出现这样的力量，就在所有的海鸥都飞向天空的时候。这股力量非常强大，我无法拒绝，只能飞翔。我也见过飞翔的欧椋鸟，他们排成一定的队形飞翔，雨燕和燕子也是一样，他们必须一路飞到非洲，那可是一段很长的旅途。你被拉向何处呢，摩今？"

"我不知道，霍雷肖。但是我禁不住有这种感觉——我在这里已经把该干的事情都干完了，把该学的东西也都学会了，那么我就需要去别的地方了，别的需要我的地方。"

"并且你需要知道你的小柔能否跟着你一起走。"

"没错，霍雷肖。但她是一只家猫。她有家，有主人。而我是一只野猫，我什么也无法给她。她为什么要离开家，跟着我走呢?"

霍雷肖又一次转过头来,盯着这只黑猫。

"因为你与众不同,摩今。这里的每一只动物都知道,我无论走到哪里都会遇到你救过的动物,或者你善待过的动物。"说着,他用力展开翅膀,以展示那些地方有多远,"小柔不再是一只小猫咪了。而且,你还记得吗,我说过我知道有一个地方,一个你和小柔可以称之为家的地方,如果你们愿意的话,如果你们需要一个地方去的话。"

"我确实记得,霍雷肖。但是你也说过,那里有些麻烦。"

"的确,这个确实有。但是摩今,你可以去解决麻烦啊!老兄,只要你开口,我就会带你们去。那是一个很美好的世界,摩今,无论你是长着爪子的,还是长着翅膀的。但是我现在必须要飞走了。认真考虑一下吧,我的朋友。"

"谢谢你,霍雷肖。我只是想不出,有什么理由会让小柔离开主人跟我走。"

"确实有一个理由,摩今,那会是她做出决定的理由,但是她必须独自做决定。我真得走了,我的朋友。"

说着,这只鸟用翅膀敬了一个礼,然后猛地扇着翅膀,啾啾地叫着,转眼便已飞入云霄。

Chapter 15
第十五章

一块新牌子

今天是周日,摩今下定决心了。今天晚上会有蓝月亮,有魔法的月亮,是时候问出那个问题了。他坐在窗台的箱子里,侧着脸看着小柔,细数着她身上发生的诸多变化。

从她眼睛处延伸出来的之字形纹路比以前更加清晰且浓重了,仿佛它们真的很希望待在那里。她下巴处原有的绒毛不见了,取而代之的是顺滑的白毛。她也不再拥有九条性命了,现在的她只剩下八条性命,但是探索给她带来了成熟和智慧。摩今看到她比以前更喜欢思考了,她不再像以前那样时刻准备着猛扑出去,而是更喜欢观察事物,用脑子思考,然后慢慢地从那个东西面前走过去,如果需要的话,她还会将尾巴翘得高高的。

"摩今?"

"嗯?"

"我有种非常奇怪的感觉，我体内有股力量在拽我，不断地告诉我说我该离开了。是因为你该走了的原因吗？我应该跟你走吗？咦，摩今，快看，戴安全帽的那些人又爬上脚手架了，他们还拿着一块新牌子。"

"哦，我来念念，S 现在太简单了，它代表了我们的朋友 Swan（天鹅），O 就像圆圆的月亮，L 是老鼠们藏身的角落，D 是 Dog（狗）的 D。噢，抱歉，小柔。S-O-L-D，SOLD，已售出。"

"可是售出了什么呢，摩今？"

摩今想了想。"肯定是所有的食物吧，都卖光了。"

两只猫你看看我，我看看你，觉得肚子真的饿了。

"我听主厨说过大海里的鱼已经不多了，但是也不可能全部都没有了呀！大海里面不可能是空的。"

"对，大海当然不可能是空的，因为大海是世界上除了天空之外最大的东西了。"

突然间，摩今内心闪过一件事，让他感觉特别紧急，那种感觉就像水面上闪耀着的粼粼波光，又像将天空渲染出不同光影的灿烂朝阳。"今天晚上，小柔，你可以到海堤那里和我碰面吗？今晚是蓝月亮之夜，我想要问你一个问题。"

小柔仔细地看着摩今的脸，"我当然会去，但是你要在蓝月亮的光辉下问我什么问题呢？那肯定是一个特别严肃的问题。"

"子夜的时候在那里等我。"摩今就只能说这么多了，但是他说话的方式也给小柔带来了波光与朝阳的感觉。

Chapter 16
第十六章

永远在一起

子夜来临的时候,两只猫儿坐在海堤上,抬头看着月亮。月亮低悬在空中,恰巧在大海的正上方。大海像是吞噬了一切,黑色的海水映出月亮的倒影——又圆又大,比往日美丽数倍。

摩今轻咳了一声,然后深深地吸了一口气。"小柔,跟我在一起意味着有一天你不得不离开你的主人。"

小柔沉默了片刻,说道:"我知道,摩今。我已经想过了,我知道离开主人我会很伤心,但是失去你我会更糟糕。摩今,你的命数就是离开这里,我们都知道,你还有特别的事情需要去做。"

"你会跟我一起走吗?"

"我会的。摩今,没有你,我会感觉自己是空的,就像大海失去了生活在她体内的所有生物一样。或者像某些晚上的月亮,她并没有在那里,但人们称那为'新月'。可是我并不想重新来过。我曾经是一个崭新的生命,那时你还没有来。那个时候我有主人,有好吃的食物,还有图画书,有早早上床的睡前时光,这些对我来说就足够了。但是我现在已经不再是一只小猫咪了,我现在成年了,思考的事情也早已不同于以往。这个世界不只有追逐玩具老鼠和快速的奔跑,这个世界上还充满了我们可以一起去探索的东西。"

"你说得对极了,小柔,因为你总是正确的。"

他俩转过身,摩今凝望着小柔的眼睛。月亮在他们身后,巨大的白色光辉下照出两只猫的轮廓。

"所以……"摩今顿了顿。小柔感觉一阵眩晕,他们在一起探索的往日时光一下全部涌上了心头——第一次跳过海堤、第一次在沙滩上奔跑……还有害怕的感觉,就像那次她被水貂咬住时的感觉,还有很多别的感觉,就像仲夏夜她在房顶上体会到的感觉,以及很多个月之前她读到摩今的第六感时的那些感觉。那是某种有魔力的、直达内心的、强有力的感觉。

摩今深吸了一口气,终于开口:"你愿意嫁给我吗,小柔?"

小柔发现自己根本不需要时间去思考。

"我愿意,摩今。"

摩今微笑起来,两只猫一同抬起头,望向繁星点点的夜空。

"请为我们赐婚吧,月神。"摩今说。

月亮洒下柔光笼罩在他们身上。"我看到你听从了自己的内心，摩今，你找到了真爱。"

"是的，月神。"

"那么你呢，小柔？"

"噢，是的，月神，我也是。"

"我将为你们赐婚。把你们的爪子放到胸口，跪下吧。"

两只猫照做了。

"我赐你们——月光之猫摩今和小柔——结为夫妻。我祝福你们。祝你们永远目光明亮、精神纯洁，为猫类和所有物种做好事。无论何时，无论何事，均不能将你们分开。现在，摩今，用你的左前爪抓住小柔的左前爪。你们两个都闭上眼睛。"

随着月亮在他俩上方掠过，两只猫感受到月亮的力量在他们体内沿着血管和经脉在涌动，在他们的耳朵和尾巴处温柔地回旋，像电流一样涌过他们的胡须，最终停留在了他们内心深处。这两颗小小的心、宝贵的心、温柔的心，以后要永远在一起跳动了。

"起身吧。这是赐予你们的礼物。我赐予了你们圆环和星星，它们将随时提醒你们——你们属于彼此，你们拥有我的祝福。"

这时，一颗闪闪发光的星星深深地烙在了小柔乳烟色的一个脚指头上，小柔屏住了呼吸。与此同时，一个洁白的圆环也出现在了摩今的同一个脚指头上。

两只猫的内心满满的,并且立刻感觉到自己被赋予了新的身份。

我是你的,你是我的。

我们结合为一体。

而紧接着,就在下一刻,他们又为能得到月神赐予的礼物而感到惊讶和好奇。

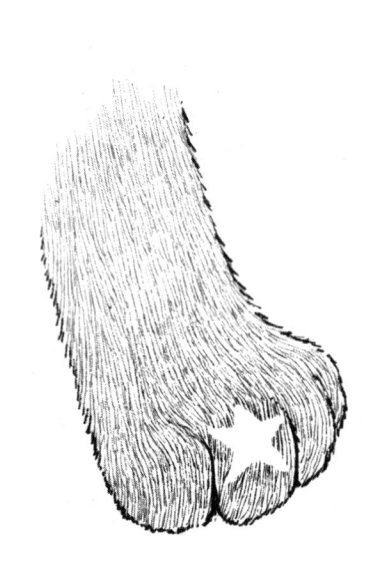

"谢谢您,月神。"他们说。他们的心在月神的祝福下跳动,她有无尽的神力,而他们的爱永远不会分离。

"走吧,要永远在一起。"月神说着,朦胧的月光罩住了他们,星星弹奏起了最甜蜜的歌曲。

摩今和小柔拥在一起,柔软的毛发相互交织,脖子靠在一起,彼此碰着鼻子,但完全不是以前他们分享食物时鼻子碰鼻子的那种方式。摩今伸出一只爪子,小柔握住了。两只猫在蓝月亮的神奇光芒照耀之下,翩翩起舞。

Chapter 17
第十七章

一股陌生的味道

早上,摩今一觉醒来,感觉甚是美好。他仔细看着自己前爪上的圆环。

是真的。小小的圆环闪烁着光芒。小柔永远是他的了。

他的幸福要溢出来了,他感觉自己要爆炸。

摩今跳出地窖盖门,冲进明媚的晨光中。

他的第六感立刻燃烧起来。

他一下就觉察出来有三件事情不对劲:

第一,黑板上的字全换了。现在写的是"豪华英式早餐"。

第二,有一股陌生的味道。

第三,小柔正处在危险之中。他立刻就感受到了,就像了解自己一样了解这件事。

一瞬间,他什么也听不到了。风儿把声音带走,一路送入深蓝色的大海里。

摩今跳起来，穿过长椅，经过黑板，然后……

然后，他停住了。

有两个人从酒吧里走了出来。那个男人胳膊上有图画，那个女人把什么东西放在嘴里，然后点上了火。

摩今使劲盯着他们。

然后，从酒吧里面，传出来一阵可怕的叫声。

摩今感觉到自己的背拱了起来，他的爪钩伸了出来。就在这时，有个又大又黑的东西——脖子上戴着带铆钉的项圈，舌头长长地伸在外面，流着口水，尖尖的牙齿露在外面——朝着他扑了过来……

"狗！"摩今喊道。他紧缩着身子，刺溜一下跑了起来。"狗！"他一边喊一边冲进了酒吧。

四周充斥着咒骂声和尖叫声。

狗的男主人大嗓门地高声咒骂着，狗的女主人则大声尖叫着，摩今也在呼喊，他在呼喊小柔，而那条狗则是又咬又叫。狗的男主人使劲拉住那个带铆钉的项圈，试图控制住那条狗，而那条狗则努力地想要挣脱，冲到摩今跟前来。摩今则始终如一地在大声呼唤着小柔。

"小柔，你在哪里？"他呼唤着，但没有得到回答。他只好跳到高处，可是跳的时候却把架子上一个装着小船的瓶子打翻到了地上。他沿着一个壁架跳上跳下，那壁架上摆满了灰尘遍布的摆件。

那条狗终于挣脱了主人，朝着摩今的尾巴跳了过来，边跳边狂吠，仿佛疯了一样。摩今只好努力试着用爪子抓住一面旧旗子，但随着旗子开始撕裂，他开始往下掉，只能尽力将身子和尾巴抬高，以脱离那条狗的攻击范围。

掉到半空中的时候，摩今有了新的选择：他可以用旗子把自己抛出去，穿过房间……

或者他可以跟那条狗干上一架。

摩今放弃了旗子。他伸出了全部爪钩，前爪抓住了狗的脸，后爪抓住了狗后背的肌肉。他的后爪狠狠地刺进了狗的后背。有一瞬间，他的前爪松开了，狗在原地打转，试图将他摔到地上。而他抬起前爪，再次狠狠地抓住了狗的脸。

狗发出了痛苦的惨叫，然后是一片混乱。

摩今趁机跳到门口，冲到阳光下，然后蹿到脚手架上，一声声地呼唤着小柔。

紧接着，那条狗又出现在了脚手架下面，又咬又叫，露着他那粉红色的牙龈，流着满嘴的口水。

摩今透过窗子向小柔的房间里看过去，但是她并没有在里面，她的篮子和玩具也都不见了。

这时他听到了小柔的声音。

"摩今！摩今！"

一股电流击中了摩今。他穿过屋顶，从酒吧前面的墙上爬了下来。他落到地上的时候，主厨正好坐进了一辆蓝色轿车的前面，小柔的小主人坐到了后面，怀里抱着一个笼子。摩今冲到汽车上，汽车关上了门，发动了。摩今滑落到了汽车后挡风玻璃上。小柔在车里举起乳烟色的爪子，放在笼子上，笼子挡住了她，她无法将爪子伸到后挡风玻璃上。

摩今伸出一个爪子，放在后挡风玻璃上，他看到小柔在哭。

这时汽车加速了，速度越来越快，摩今的爪子在汽车的玻璃和金属表面上努力抓挠着，可是没有任何东西能供他抓

住。他的爪子滑了下来,他被甩进了路边的篱笆里。摩今爬起来,四肢一起用力再次冲了出去,哪怕他在落地之前就已经感觉头晕目眩,还有一只爪子被擦伤了,哪怕在那时他就已经意识到,小柔走远了。

他站了起来,用两只后爪支撑着自己。他看着小汽车在路的尽头越变越小、越变越小,最终从视野中消失。

摩今发出了一声哀号。

小柔走了。

第十八章
通往新家的路

半个月过去了。海滩上变得热闹起来,到处都是孩子。天气很热。阳光最强的时候,摩今必须不断寻找阴凉的地方,才能让后背上的皮毛保持凉爽。晚上,他会断断续续地在沙滩上的一个条板棚下睡上几觉,其他时间他都在寻找小柔。他用上了自己全部的第六感,却还是找不到。

就在摩今用脚四处寻找的同时,霍雷肖也在挥舞着翅膀帮他寻找。因为担心小柔万一自己回来了,摩今每天傍晚都会回到海堤边上。在那里,他注意到了一些变化。

食物的气味变了。

脚手架被拆了,被一辆低架货车拉走了,戴安全帽的人也离开了。

写着"已售出"的牌子被取下来了。

红色天竺葵开始枯萎,看起来像是充满了悲伤,因为新主人并不像小柔的主人那样会为它们浇水。

那条狗汪汪叫着在周围晃悠,虽然晚上很暖和,摩今还是禁不住会打寒战。

一天下午的晚些时候,摩今像往常一样在走路。他走啊走,走啊走,用眼睛看,用鼻子闻,用第六感感知,用心倾听,还是无法找到她。

大海开始变得平静,太阳低低地悬在空中,摩今的爪子在沙滩上深一脚浅一脚地走着。突然,一丝香甜的味道飘进了他的鼻子,那是他在这个世界上最喜欢的味道。

但是他不敢相信。

然而那股味道又一次飘来了。

"不可能。"他想。

他的爪子抬了起来,他开始奔跑。他看到沙滩上的脚印了,从他睡觉的沙滩上的那个小棚子蜿蜒至海堤。

他跑得更快了。

他的第六感燃烧起来,在他全身涌动,如火如荼。

紧接着,他又放慢了脚步。

坐在海堤上的那只猫样子跟从前一模一样。但是与从前不一样的是,她看起来悲伤而失落。

不过那的确是她。

他的脚无法挪动。

他的身体像瘫了一样，但是他的体味却没有停下。

小柔睁开眼睛。"摩今？"她轻轻呼唤了一声，然后大叫起来，"摩今！"她从海堤上一下跳了下来，跳到了沙滩上，他们拥在了一起——爪子握着爪子，耳朵贴着耳朵，脖子缠着脖子。他们两个就像小时候那样，抱在一起翻来滚去。那时候的世界是多么好玩，多么有趣啊！

然后，摩今停下了，站得离小柔远了一些。

"你终于来了！"他说，"你终于出现了，我以为你把我忘了呢！"

"忘记你还不如忘记我自己呢！"

他把左爪放在她的心上。她也将左爪放在他的心上。

"主厨在镇子的另一边新开了一家餐厅，名字叫'灰猫'。我的主人一直把我关在屋子里，半个月不让我出门。这是每次搬家后的规矩。我一次又一次试着逃出来。今天终于有机会，于是我就趁机跑出来了。我必须和你在一起。"

"小柔，你回来我真是太高兴了。"

天空中传来了啾啾的叫声，霍雷肖降落到地上。"我正到处飞着找你们呢，伙计们。这简直太完美了，你们找到了彼此，而我找到了通往你们新家的路，如果你们想要这个家的话。要是你们打算去，最好现在就去，而且要快。"

"新家？"小柔问。

"我们不能回酒吧了,小柔,那里有狗。我们知道这一天迟早会来的,就是今天。"摩今用鼻子蹭了蹭小柔的鼻子。

"哦,摩今,我已经离开我的主人,彻底了断了。我希望和你在一起,无论是到哪里。把我的项圈摘掉吧。"小柔说。

"你确定?"

"确定。"

于是摩今轻轻地咬开了小柔的项圈。项圈掉到了沙子上。小柔晃了晃脖子,脖子上的毛皱了起来。"嗯,那个地方在哪里,霍雷肖?"

"那是一个回收中心,人们把扔掉不要的东西在那里重新加工成新的。那里是一个社区,有很好的猫,他们都没有主人,这些猫彼此照顾。但是我必须提醒你们,老兄,那里有危险,有麻烦。"

"如果那里有危险和麻烦,摩今会出手相助的。"小柔说,"我知道他会的。在哪里,霍雷肖?"

"对一只小猫的脚来说,那里很远。但是好消息是今天是下乡收废品的日子。"

"什么,什么日子?"

"戴着手套的人们开着回收车到远离城市的地方挨家挨户收废品,然后他们把废品运到回收中心,卖给二手店。所以你们可以乘回收车到那里去!这是一个无懈可击的计划,伙计们,赶紧去,跟着我!我们必须要快,人们在太阳下山之前就会把回收车开走。"

两只猫听了,跟着霍雷肖飞得低低的身影,精神抖擞地跑了起来,浑身充满了爱和能量。霍雷肖一边飞一边跟他们说:"你们必须在到达回收中心之前从低架装卸车上下来,你们不想跟着那些东西被一股脑地倒出去吧!那样的话你们会被压死的。他们会把回收车高高举起,然后向下倒。坦白说,那样的话将会是一场灾难,伙计们。你们就在有红绿灯的路口跳出来——你们会看到标志的。现在,快跑,使劲!"

戴手套的人已经把回收车斗挂在低架装卸车上,马上就要喝完茶了。两只猫跳上回收车斗,藏在了几把木椅子下面。

"上车完毕!"霍雷肖从天空中喊道,"把头低下,我们要出发了!"

引擎开始轰鸣,海鸥看着两只猫,他们互相握着爪子。"打扰一下,两位,我要先飞过去了,"他大声喊道,"我们到那边再见吧。我要去看看他们有没有给我留口晚饭吃。"

两只猫看着霍雷肖飞向空中,低架装卸车开动了,慢慢开到商业街上,然后开始加速。

"抓紧了,小柔!"摩今说。

"这太刺激了!摩今。噢,这感觉就是在探险。"

一会儿,车停了。两个脑袋从回收车斗往外看去。

"就是这里，"小柔说，"看！那边有一个大大的绿色招牌，上面写着'斯塔克罗斯海边回收中心'。现在是红灯，我们赶紧跳出去！"

两只猫跳了出去，跳到了人行道上。他们朝着招牌跑去，在一个写着"出口／入口"的栅栏处，他们一起跳了上去。

"这是我们的家，小柔，我们的新家。"

就在摩今说这话的时候，高处的泛光灯亮了起来，把整个回收中心照亮了。

"哇，这个地方可真大呀！"小柔感叹道。

"准备好要跳了吗？"

"数到五？"

"数到五。"

他们一起数到五，然后跳了下去。他们走着，小柔紧紧跟着摩今。突然之间，她非常想念大海，想念法国料理的味道，想念她的主人，但是她什么也没有说。她决心要勇敢一些、再勇敢一些，为了摩今。

接着，她往后跳了一步，她的第六感变得火热，就好像是把鼻子贴到被太阳晒得灼热的碗边喝水的感觉一样。她抬起头，看向回收中心四周长长的高墙。

"噢，摩今，好像哪里有点奇怪，有点不对劲。你感觉到了吗？一定是霍雷肖警告过我们的那个麻烦。"

摩今确实也感觉到了,那感觉来自四面八方。他抬头看着高墙。这感觉让他的毛竖了起来,爪钩也从爪子里伸了出来。但是,同时他还有一种感觉,一种美好的感觉——这里就是曾经呼唤过他的地方。曾经拽着他走的感觉消失了,他体内那种痒痒的感觉消失了,他现在确信他们已经找到新家了。他正想把这些美好的感觉告诉小柔的时候,突然有一声巨响,小柔吓得跳了起来。

"那些戴手套的人在倾倒回收车斗而已,霍雷肖跟我们说过的。我们爬上那堵墙,到高处看看?"

"啊哈,伙计们,你们成功了!你们成功了!别往高墙那边去,摩今,往这边走。"霍雷肖低飞着,突然向右转身,"你们的新朋友正在玻璃瓶罐区等着你们,就是那里,伙计们,跟着我,跟着风,风吹的方向正是那个方向。快点,云彩变黑了,一会儿月亮该出来了。我必须得走了,已经错过我上床睡觉的时间了,我需要星星来给我导航。"

于是两只猫抛开杂念,一心跟着泛光灯下霍雷肖的影子跑了起来,一路跑向回收中心的深处。

Chapter 19
第十九章

这是需要我的地方

走进玻璃瓶罐区的时候,摩今感觉到有五只眼睛在盯着他。他并没有看到眼睛,但是他确实能感觉到自己瘦长身子的轮廓已经落到五张闪闪发光的视网膜上。他回头看了一下小柔是不是跟上了,然后猛然一跃,好似要挣脱地球引力一般,有几秒钟他四爪腾空,然后悄无声息地、灵敏地落到了一个巨大的绿色桶上。

摩今的第六感从身体里发出了闪闪的光,照射出的彩色光波好像飞蛾翅膀的颜色。他的毛根根直立,身子倾斜,全身警惕,形成了一个可怕的剪影。他那粗壮的尾巴在他身后竖立着,直指天际,仿佛要去探月的火箭一般。

"毫无疑问,这是一只很罕见的猫。"一只长着橙色眼睛的蓝猫说,她的名字叫橘子酱玛梅雷德。

"噢,我说呢。"奏鸣曲索纳塔用她那歌唱一样的腔调说道。

福斯的爪钩伸了出来，轻轻地抓挠着脚下装酒用的木头板条箱。索纳塔听到了，转过身来，闪烁着她那两只明亮的蓝眼睛望向他仅剩一只的琥珀色眼睛。月光下她白色的毛漂亮极了，令福斯一度失神，弯弯的蛾眉月倒映在索纳塔的双眼中，仿佛闪烁着的白色爪钩，他望向它们，眨了眨眼睛。她的完美无瑕令福斯定在了那里，而紧接着，他情不自禁喵的一声叫了出来，然后他赶紧把目光从她身上挪开，将虎纹尾巴紧紧地缠在自己身上。他的心思重新回到那只陌生的猫身上，爪钩又开始在板条箱上挠了起来。

"别这样，福斯。"索纳塔说，"霍雷肖说这只猫会成为我们的朋友，你必须欢迎他的到来，而不是和他打架。"

福斯将他的爪钩收了回去，但是他橙色的身躯还是保持着紧张状态，背一直弓着。

"再说了，福斯，这只猫说不定还能成为我们需要的战士呢。"索纳塔说，她停顿了一下，她不想说，但还是说了出来，以她能控制到的尽可能平静的声音说道，"既然我们已经失去了哲学家塞奇。"

这时，五只眼睛都闭上了，三只猫的脑海中浮现出他们朋友的模样，他们的心、他们的胡须，还有他们的爪掌都为失去他而感到难过。塞奇是那么好，那么聪明，那么善良。

"他会打架打得很好的，宝贝。"玛梅雷德说，"你说得没错，光看他使用尾巴的方式就能知道。那条尾巴可真是太棒了。毫无疑问，他是只野猫，但是他非常有力量，又帅气。我认出来了，他和我的祖先是一类。我的祖先很强壮，和他一样。他们的主人在大革命期间被砍了头，他们也就无家可归，成了野猫。"

就在这时，一只乳烟色的猫也跳了过来。

"噢，看她的毛多柔软哪！"索纳塔惊叹道。

"有点太软了，"福斯一边说着，一边高高地翘起他的尾巴，"而且也太密了。"

"天哪，"玛梅雷德感叹道，"那只猫的毛真的非常非常柔软。我用爪子和胡须跟你们打赌，她是只家猫。她身上有很多特别法国的特征——看她的鼻子，像我的一样，先斜下来，然后又高高扬起，朝向天空。她刚开始肯定会觉得这里的日子很难熬，要从旧罐子里找食物，还要在外面睡觉，非常难。索纳塔，我们必须帮她，让她感觉像在家里一样，让她明白这里是一个值得拥有的可爱的家。"

"我们会的，玛梅雷德，我们会成为她的朋友，我们会尽自己所能给她找到最好的食物。"

"那太好了，宝贝。"玛梅雷德朝着夜空绽放了一个大大的蓝色笑脸，眨了眨她那橘色的眼睛，"我们可以去找鱼子酱。"

索纳塔正要起身时，杜出现了，他总是这样，神出鬼没的。他跳到桶上，靠近了那只长着大尾巴的黑猫。

"欢迎。"他说。

虽然这只银灰色的小个子猫并不具威胁性，但摩今还是往后退了一步，向小柔那边靠了靠。他还从来没有遇到过只剩下一条性命的猫呢！这种感觉让摩今感到眩晕。只剩一条性命。摩今不知道如果自己只剩下一条性命该如何过活，他想自己可能整天待在一个盒子里，或者待在沙滩的棚屋下，或者待在一堵最高的墙上再也不下来。不过只要他有小柔在身边，这些就都无所谓了。当然，她会一直有八条性命的，她的性命绝不能少于八条。摩今知道，在自己最后一条性命逐渐消逝的时候，小柔会一直照顾他，不会让他孤独终老的。

摩今感到热血像潮水一样涌来，里面充满了悲伤。他看着这只仅有一条性命的猫，心想，他的经历一定是一个非常悲伤的故事，这只可怜的猫。

杜感受到了摩今的关心，他保持着平衡，沿着桶边慢慢踱着步。他抬起爪子，在摩今的正前方轻轻停了下来。摩今看到他的眼睛和皮毛是同一种颜色的，全都闪耀着银色的光。

"请一定不要为我担心，朋友，"杜说，"我的性命全部牺牲得很光荣，每一条性命都是。我的八条性命都过得很好，我没有什么可以遗憾的。如果你愿意的话，你可以用第六感来感知我。"

摩今闭上眼睛，瞬间，他就在自己的第六感中看到了杜以前的生活。他的体内充满了温暖的感觉，那是友谊、智慧和善良带来的。里面还有一点点的悲伤，但是杜用爱和学识来拥抱了它，所以并没有造成什么伤害。

摩今睁开了眼睛。

"我的名字叫杜威,但我的朋友们都叫我杜,这是简称。"

"我的名字叫月光之猫摩今,这是小柔。月神赐我们结为夫妻,现在我们正在寻找一个家。"

杜炯炯有神的眼睛飞快地从东转到西,又从西转到东,好像在读这两只陌生的猫一样。然后他扬起胡须,温和地笑了起来。"非常欢迎你们来到这里,摩今、小柔。请跳下来见见其他的猫吧。"他跳到一个纸板箱上,然后又跳到地上。

"来吧,小柔。"摩今平静地说着,他能够感觉到小柔内心的恐惧,"他很亲切,很善良。"

"我知道,只是……只是我刚刚说过的那件事——这里有什么东西很奇怪。这里有让我害怕的东西,肯定是霍雷肖以前警告过我们的那个麻烦。你没有感觉到吗,摩今?"

"我确实也感觉到了,小柔,不过我并不害怕。我想我之所以有这种感觉,是因为这里就是需要我的地方,这说明我到了正确的地方。在我们被召唤去帮助霍雷肖,帮助天鹅一家,还有帮助其他海里和河里大大小小的动物的时候,我都曾有过这样的感觉。但是这一次,这种感觉比以往任何时候都更强烈,强烈很多。这里确实有危险,就像那次遇到水貂时一样,但是这一次,有一种更好的感觉将它覆盖了。"

"如果这里是需要你的地方,那我就努力变得勇敢,摩今。"

"谢谢你,小柔。"摩今把自己的爪子放到了她的爪子上,他爪子上的月光指环和她爪子上的月光之星在黑夜中一起闪耀着光芒，"现在我们去见其他的朋友们吧。你准备好了吗？"

"准备好了。"

于是，小柔和摩今转身跳到地面上，地心引力又重新回到了他们身上。

Chapter 20 第二十章
人类扔掉的东西

在玻璃瓶罐区，索纳塔跳上前去，跟新来的两只猫坐到一起，温柔地喵喵叫着。福斯看着她，试图把自己的爪钩收起来，但是没能成功。他拖着长腔开始说话，声音好像皮筋被拉长了一般。"讲讲你们的故事。"他对摩今和小柔说，"你们为什么离开家？"

摩今的耳朵前后抽动了几下，他看了看小柔，小柔正在看她自己的爪子。

"你是家猫，宝贝？"玛梅雷德的声音很温柔。她坐在一个倒扣着的盒子上面，盒子是从纸板区被风刮过来的。

"对，我有主人，一个女孩……"

"一个女孩！"所有的猫齐声叫了起来。啊！他们喘了口气，仿佛在享受着被抚摸的感觉，感受着喉咙深处发出舒服的呜呜声。

小柔点点头。她很想跟大家说,主人的名字叫塞西莉亚,是一位主厨的女儿,同时也想说,自己很高兴听到玛梅雷德的法国口音,因为这让她有种家的感觉,就像主厨喂她时舔他手指的感觉……但是她什么也没有说,因为她知道只要一开口,自己的声音就会变得支离破碎,就像货车拖斗倾倒垃圾、垃圾落到地面时一切都粉碎了的那种声音一样。

杜感到了小柔的悲伤,转而去问摩今:"那个女孩爱小柔吗?她是不是一个好主人?"

"嗯,是的。她特别爱她,她是一个非常善良的女孩。"

猫儿们都陷入了沉默。

福斯打破了沉默:"那小柔为什么要离开主人?别告诉我是为了追随你。"

摩今咳嗽了一下，身子尽可能坐得笔直，尾巴在身后高高翘起。"是这样的，我是只野猫。我和我的兄弟姐妹被人塞进袋子扔到了河里。"

"啊！天哪！"索纳塔惊呼道，"人类扔掉的东西。"

"我被水冲到离小柔所在的酒吧很近的地方，她救了我。小柔住在酒吧里，而我被允许住在酒吧的地窖下面。主厨喂我们法国料理。我们每天都在探索——疯跑，互相追逐打闹，风儿掠过我们的皮毛，像变魔法一样快。我们沿着大海奔跑，我们在河岸边探索。我们和其他动物交朋友，帮助他们。小柔变得非常勇敢，她甚至还为了救一只孵蛋的天鹅而牺牲了一条性命。我们逐渐长大，变得强壮。我们不停地长大——特别是我。我们一起度过了很长一段幸福的时光。"

"幸福的生活。"杜说。

"确实是。"摩今说，"但是我一直感到还有什么别的东西。当初月亮赐给我名字的时候，她说我有一个使命。我越来越感到有必要离开，可是我不能离开小柔。我希望——"

"希望就是垃圾。"福斯打断了他。

"世界上确实有很多垃圾，"索纳塔轻声说，"但是希望从来不是垃圾，福斯。"

福斯仰头朝着星星努了努鼻子。

"我希望小柔能够跟我一起来，所以一天晚上我问她是否愿意嫁给我。她答应了。"

"哇！"索纳塔感叹道。

"这是一个美丽的故事。"待在高处的玛梅雷德说。

"满月的时候，就在海堤边，月神为我们赐了婚。我们非常、非常幸福。"

"你们是在海边结婚的？"杜问，"在晚上？在满月下面？"

"是的，"小柔小声回答，"实际上那是一个蓝月亮。怎么了，杜？"

"嗯，"杜说，"在海边结婚，婚姻会非常牢固，爱情也会非常强烈，并且好像还会维持得更长久。"

"是吗？"小柔感到很高兴，一边问，一边轻微抽动了一下。

"噢，是的，小柔，"杜说，"而且还是晚上——夜空意味着无穷无尽、广阔无垠。而大海、夜晚和蓝月亮，这三者的力量结合在一起——嗯，你们的爱非常有力量。"

小柔瞬间对这只仅剩下一条性命的猫充满了好感。

"但是宝贝，出什么事了？肯定是发生了很不好的事情，所以你才离开了你的主人，离开了有法国料理的酒吧。你们的真实经历是怎样的呢？"

渐浓的夜色笼罩着猫儿们，带来些许慰藉。夜晚静寂的回收中心里，一片黑暗的空地隐藏着没有说出来的秘密。

小柔低下头，闭上了眼睛，她的眼睛眨了眨，耳朵动了动。

"好吧，玛梅雷德，你说对了，确实出了点问题。先是挂出了一个写着'出售'的牌子，然后在某一天，牌子上的字换成了'已售出'，而我们还一直以为说的都是鱼。可是有天早上，主人把我装进了笼子里，还对我说不用担心。她拎着我穿过酒吧，并且告诉我说酒吧有了新的主人——一个养狗的主人。"

"天哪！"玛梅雷德用蓝色的爪子捂住了嘴巴。

"我被带上车之前正好看到了那条狗——一条特别大、特别可怕的狗。我大声叫摩今，他跑着过来了，跳到了车上，但是车开得实在太快，他被甩到了树篱上。我吓坏了，害怕他再失去一条性命。"

"我也很害怕，害怕再也见不到小柔了。离开那个地方的召唤越来越强，但是我不能离开。我在海边一个小棚子底下睡觉，一直在寻找小柔。霍雷肖飞着帮我找，我就在地上走着找。然后，就在今天，她回来了。"

"我一直被关在一个房间里，因为我们有了新家，我半个月不能出门。不过，今天有一扇窗子忘记关了，我终于逃了出来，跑了很长很长的路才找到摩今。我很害怕，因为太危险了。我必须要过很多马路，沿着海边跑很远，但我还是找到他了。后来我们就扔掉了我的项圈，霍雷肖告诉我们有这么个地方，我们正好要找一个新家，所以就过来了。"

"嗯，宝贝，这里并不是十全十美，但是这个回收中心是一个美好的家。这里充满了爱和善意，有充足的食物和水。有一个区域是专门放牛奶盒的，还有从城里的寿司店运来的鱼，它们都被装在专门的有车轮的箱子里。被扔掉的鱼实在太多了，你甚至都无法相信。对了，你吃过寿司吗，小柔？"

"没有。"

"其实就是把鱼卷成卷，宝贝，非常好吃。所以如果你们愿意待在这里的话，你们就可以说是找到家了。如果说我们要对新朋友诚实，其实还有些事情必须要告诉你们，不过我们可以等到明天再说。你们一定累坏了。今天一天你们经历了太多令你们神经兴奋的事情。"

"没错，"杜说，"而且我猜你们两个都还没有吃东西吧。你们可以随意找些东西吃。"

"我们都在床垫区睡觉。"索纳塔说着跳到了地上，舒展开纯白色的身体，伸了伸爪子，"就在那个方向。"她一边说着，一边扭过头，用鼻子指了指。"你准备好了吗，玛梅雷德？"

"早就准备好了，宝贝。"

月亮高高地悬挂在空中，外出狩猎的召唤变得更强烈了。

索纳塔也有这样的渴望。这种渴望越来越强烈，她想跑，想跳。她知道，和福斯一起狩猎时，他们俩就会恢复以前在一起时的甜蜜，暂时忘记因为福斯的眼睛而带来的悲伤。他们会变得像自己的祖先,像那些统治着稀树草原、生来就是杀手的非洲野猫一样。她凝视福斯的时候,能够看到他内心的狂野。他的斑纹、他的面庞,无一不显示出野性。他的野性就表现在皮毛上,她感觉这样很帅,虽然她从未找到合适的方式告诉他。曾经,她感觉他们两个马上就要互相吐露心声了,但是那场可怕的战争发生了,福斯失去了一只眼睛,而他们两个之间的一切,也全都变了。

福斯感觉自己的肌肉像小提琴的琴弦一样绷得紧紧的。他伸展着自己的两只前爪,而在他的心底,即将到来的跳跃还是带来了剧烈的兴奋感。他看了索纳塔一眼,然后又飞快地转开了头。"杜,准备好了吗?"

"准备好了。"杜回答道,他的耳朵来回转着,胡须也在上下跳动,"摩今、小柔,欢迎你们加入狩猎队伍,如果你们愿意的话。"

摩今看了看小柔。她实在是太累了,胡须都往下耷拉了。"今天晚上我们就不去了,谢谢你们。说实话,我们还从来没有出去狩猎过,一直都是有人来喂我们。"

"不是去找食物。"福斯说着,开始向着夜色深处出发,"这里有充足的食物。我是一只有工作的猫,就像我的父母、我父母的父母以前一样。我们可不想让害虫在这里乱跑,就像……"但是福斯突然不说了。摩今想起和他一起玩耍的田鼠,还有跟他一起分享食物的老鼠，也陷入了沉默。

杜点头朝回收桶旁边的高墙示意了一下，说："记住，你们干什么都行，可是千万别到墙那边去。明天我们会跟你们解释的。"

"黎明的时候再见吧！"索纳塔说着，就和玛梅雷德一起钻到了桶与桶之间黑咕隆咚的缝隙里去了。杜紧随其后，像一道疾驰的银灰色影子，又像摩今之前经常在芦苇丛边看到的水面下游走的鱼。他的声音和影子消失在了黑暗中。四只猫已经走远了。

就在这时，一阵风从墙角刮了过来，把一个盒子吹到了摩今和小柔跟前。

这个盒子哐当一下落到了他们面前，摩今被吓得往后跳了一下，尾巴竖了起来，爪钩也伸了出来。紧接着，他看清了那其实是一个盒子——只不过就是一个盒子，他顿时觉得自己有点傻，继而又对这个盒子有了些许好奇。他闻到了一股特别熟悉的味道，一股早已铭刻在他内心深处的味道。他看向小柔，她也闻到了。

甚至在小柔打开盖之前，两只猫就已经知道他们即将发现什么了。打开一看，果然——里面有一张皱巴巴的餐巾纸，餐巾纸里包着半个沙丁鱼黄油面包。

小柔席地而坐，将面包分成两半，一半递给摩今。面包的味道和主厨做的一模一样,他们两个吃得喵喵叫了起来。

那场景看起来就好像他们吃的其实是回忆一样。

吃完后,两只猫静静地坐着,闭着眼睛,他们想起了摩今被水冲到岸边的那天。对于摩今来说,这真的很不可思议——就在前一个夜晚,还有人想淹死他,第二天却成了他此生最幸福的一天,因为在那天,小柔发现了他。

小柔看了看摩今,吃进去的食物给了她力气,她发现自己的决心又满满地回来了,就像她决心离开灰猫餐厅,长途跋涉穿过城区,回到沙滩上寻找摩今时一样。"来吧,摩今,我们去找床垫区。"她说。

于是,两只猫出发了,他们边走边抬头,挨个看着标志牌。终于,他们发现了写着"床垫"的标志牌。他们穿过一个通道,来到了床垫区。

小柔放松了下来,一阵倦意袭来,她的爪子不再活跃,尾巴也耷拉了下来。摩今一直跟在她身后,看见她满身疲惫,尾巴还拖在地上。通常夜晚的这个时候是猫儿们最清醒、最活跃、最有生命力的时候,但是今天晚上,他突然发觉自己也已经疲惫不堪。

这片区域很大,床垫被堆得很高,而且铺得到处都是。两只猫用鼻子闻着,终于,他们在一张床垫上闻到了杜的气味,福斯的气味在下面的一张床垫上,索纳塔睡在福斯隔壁那一摞床垫的最上面一张上，玛梅雷德则在另一张又厚又有弹力的床垫上。

摩今选了一张不属于任何一只猫的床垫。这张床垫几乎是全新的。他用前爪在床垫上挠出来了一些软毛，然后用后爪又挠出来一些，小柔也帮他一起挠。要不是因为他们实在太累了，这还真挺好玩呢，就像小时候一样。不过他们已经筋疲力尽，所以他们把自己埋在软毛里，直到暖和起来。

这是摩今半个月来第一次心情变得轻松，因为他能感觉到小柔正在自己身边呼吸。

他闭上了眼睛。

那天晚上，在他们的梦中，他们一起在海边奔跑。

Chapter 21
第二十一章

没说完的故事

摩今醒来觉得自己幸福极了。他睡的床垫柔软无比,他美美地做了个梦,体力也恢复了。

"吃早餐啦,摩今!"小柔一边用爪子摇晃着他一边说,"我都起来好久了。我们必须去玻璃瓶罐区和其他猫见面。我们要一起吃早餐,讲故事。我太兴奋了,太喜欢我们的新家了。我已经跟玛梅雷德聊过了,她还邀请我去小日用品区见她,很显然她有自己的衣橱。我都不知道猫还可以是蓝色的呢,我知道我不能很好地看到颜色,但是她告诉我她的蓝是最典雅的那种蓝。还有,索纳塔答应了要教我唱歌。我总是禁不住地看她,她像月亮一样洁白无瑕。我自己都不知道自己更喜欢哪个了——蓝色,还是无比纯洁的白色?快点,起床啦!"

摩今起来了。他们一起跳跃着朝玻璃瓶罐区跑去。他们周围是来来往往的卡车,滴滴作响地倒着车,然后把装载的东西卸到不同区域的桶里。一个戴着手套的男人停下来,抚摸了小柔一下,然后是摩今。

"新来的猫,"他说,"长得不错。帮我们多抓点老鼠。"

摩今喵喵地回应了他,但是这个人并不懂他的话。

除了杜以外,所有猫儿们都围坐成一个圈,等着开饭。地上摆着六个盛有食物的玻璃罐,还有一个塑料瓶,里面的牛奶还剩下四分之一。杜坐在一个矮箱子上,箱子上写着"罐子",他有些紧张地四处张望着,胡须颤颤的。

"噢,太感谢你们了!"看到摆放整齐的食物,小柔和摩今齐声说道。

"这一个是你的,小柔。"索纳塔说,"我们为你找到了几种特别的食物。玛梅雷德说你肯定会喜欢的,因为这是法国料理。"

"哦,你们太好了。天哪,这一切都太文明了,是不是啊,摩今?"小柔说。

"什么文明?"福斯问。

"一起分享食物啊,把爪子保持干净啊。"索纳塔说,"不在公共场合随地大小便啊。如果你有主人的话,大小便要去盒子后面,或者到一个小盘子里去解决。"紧接着她又轻声补充了一句:"虽然你从来没有过主人,亲爱的,但是你一直都是很文明的。"

福斯把头转向了一边。"亲爱的"这个词让他热血沸腾，他感到脸在发烫，就连他身上的斑纹好像也变成燃烧的橘色了。他闭上眼睛，等待这种感觉消退。

"我觉得文明的意义不止如此。"摩今说着，坐下开始吃早餐，"文明是要善待每一个生命，是对比你穷困的生命，甚至是对你不友善的生命，都要展现出善意。"

索纳塔看了玛梅雷德一会儿，又抬头望向了杜。

有些东西并没有说出来，但是摩今可以在他周围的空气中感觉到，就像他可以感觉到他们头顶上方那些电塔上的电流一般。

"摩今喜欢帮助他人，"小柔舔着一只爪子解释道，"这让他特别快乐，因为他格外勇敢，而且只要一有帮助他人的机会，他的第六感就会变得超级灵敏和通透。有时候好像他根本没得选——他就是必须对别人好。他是一只非常特别的猫，这也是为什么月神会赠予他礼物的原因了。"小柔浅绿色的眼睛看着摩今，他感受着她那浓浓的爱意带来的一股暖流涌过自己的全身，最终在他的胡须上打了个激灵。

小柔继续说着："我有种感觉，就是摩今是因为某种原因被召唤到这里的，但是我现在还不知道是什么原因。你们都这么快乐，不需要任何帮助。我真的很奇怪到底是什么原因。虽然空气中确实有种特殊的感觉，尤其是当我朝那个方向看的时候。"小柔一边说着,同时朝着那堵高墙扬了扬鼻子。

"你说的没错,宝贝,"玛梅雷德接下了她的话茬,"这就是我说过今天要告诉你们的事情,我们对新朋友绝对诚实。我们已经讨论并做出了决定——杜会在早餐后讲给你们听的。最好由他来讲,他读过很多书,很擅长表达。"

"不过还是先享用你们的早餐吧,"索纳塔说,"我们会告诉你们我们的故事的,因为昨天晚上你们已经跟我们讲过你们的故事了。这样我们就会对彼此有进一步的了解,而友谊也正是这样形成的。玛梅雷德,你应该开始了,我想你的故事是最长的。"

摩今对了解其他猫的故事非常感兴趣,但是他的第六感却渴望着去了解墙的另一侧到底有什么,为什么会对他有如此大的引力,就好像他此刻应该待的地方是墙的另一侧,而不是这里。

"好,我这就开始。"玛梅雷德说,"我是一只纯种的法国夏特尔蓝猫,所以我才会拥有如此独特的蓝色。"她停顿了一下,抖了抖身子,所有的毛发都立了起来,显得比之前厚了一倍。"我的曾曾祖母名叫蜜糖康菲,她住在凡尔赛宫里。"她卷起尾巴,像腰带一样缠在腰间,"我的主人曾经是法国贵族,但是大革命的时候平民剥夺了他们的头衔。为了不被送上断头台,她和她的家人只好逃到了英国,我的祖辈也被一起带了过去。但是，那是很久以前的事情了。去年，我的主人去世了，搬家的人来的时候，我藏进了主人的大衣橱里，然后就被送到这里来了。现在这里就是我的家。这是一个很不错的家，唯一令我难过的就是，我的主人不在了——这让我非常非常难过。"她朝着猫儿们闪了闪自己橘色的眼睛，"只有人类能够看到我漂亮的橘色眼睛和我独特的蓝色皮毛。正是由于我的眼睛，主人才给我起名为'橘子酱玛梅雷德'。无论是你们，还是我自己，都无法看到我真正的美丽，虽然我们的眼睛在夜晚的时候很好用，但它们却不是用来欣赏美的。这是我生命中最大的悲剧。"

"我可以想象出你的眼睛有非常漂亮的颜色。"小柔轻声说。

"对，的确如此。你只好想象了。现在每周一戴手套的人都会过来，并且想把我的大衣橱给搬走，因为有人看中了。这是我唯一剩下的东西了，是我那段拥有主人的生活所留下的唯一的痕迹了，所以我必须用牙齿和爪子来保护它。"

旧物回收中心里，一阵轻风刮过，吹得玻璃、塑料袋和废纸沙沙作响，同时也带来了一股摩今无法确定的味道。

摩今转向福斯："我看到你曾经被恶意对待过，福斯。你的眼睛出了什么事？"

这是他最不该说出口的话。

福斯怒了。他的爪钩弹了出来，身下的木头嘎吱作响，仿佛在呻吟，又仿佛在倾诉着疼痛。索纳塔柔声说："他不知道不应该问，福斯。"

福斯尴尬地闭上自己仅存的那只眼睛，扭开头，不再面向他们。

"他不喜欢谈论这件事情。"索纳塔一边解释，一边回忆着福斯双眼都在时的样子，带着她的温柔以及她那特有的温暖轻哼声，沿着板条箱向福斯的虎斑条纹靠了过去。她站在那里，紧紧地靠着他，希望能将他那些不好的感觉都碾碎，变小、化作尘埃。

"对不起。"摩今说道。他把鼻子伸到空中闻着，那股味道又来了。

"现在该轮到我了。"索纳塔用她那歌唱般的嗓音说道，"我是一只来自大教堂的猫。他们养我是为了让我抓老鼠，古老的大钟里的老鼠。但是我最喜欢的是帮着唱诗班唱歌，帮他们弹管风琴，还有看人们敲钟。我很有音乐天赋，我热爱音乐。然而令我难过的是，这里几乎没什么音乐，只有瓶子里的水发出的声音、风唱歌的声音和电塔的嗡嗡声，偶尔二手店会传出一阵悦耳的乐器声，但是人们很快就会买走乐器。而且戴手套的人也不让我碰它们，尤其是那些吉他。"

"但是发生了什么事情呢？"小柔问道，"你为什么离开了大教堂？"

"老神父去世了，来了一个新神父。他自己有猫，一只大黑猫，名字叫火箭洛克特。他特别具有侵略性。他说现在这个大教堂是他的了，他会让神父把我弄走。他总是藏在教堂的长条凳下面，然后跳出来吓唬我。他还会爬到大钟的吊绳上，然后一跃而下跳到我身上。他的爪子非常尖。我郁闷极了。我变瘦了，还开始掉毛。无论去哪儿我都变得神经兮兮的，很紧张。"

"那你怎么办的？"摩今问，他为索纳塔感到难过。

"新神父要把他在格林大教堂的房子重新装修一下。房子外面停了一辆拖斗车，旧家具都装在里面。一天，我感受到一种吸引力，一种非常强的吸引力，吸引着我到拖斗车里去。我去了，结果就出现在了这里，就在二手店里。我很害怕，但是福斯径直跑了过来，对我表示欢迎，后来……"她说着看了福斯一眼，"我们成为了最好的朋友。"她低下了白色的脑袋，盯着自己的爪子看了一小会儿。

福斯抬了抬鼻子："我就是在这里出生的。我是第一代定居在这里的猫的后代。"

"哇！"小柔惊叹道。

"我的曾祖父是这里的第一只猫，那是在 2001 年。他的名字叫长风衣切斯特菲尔德。其实跟他一起来的还有他的弟弟箭尾哈利伯恩，但是我们都不太愿意提起他。切斯特菲尔德是被戴手套的人带到这里来抓老鼠的。他的妻子，也就是我的曾祖母，是被拖斗车拉来的,我的奶奶和妈妈也都是这样来的。"

他凝视着索纳塔。她的一双蓝色眼睛回看着他那唯一的一只眼睛,他眨了眨眼睛,移开了目光。

"现在该你了,杜。"索纳塔说。所有的猫都抬头看向杜所坐的地方,而他却依旧心神不宁,仿佛没有听到一样。

就在这时,天空中响起了啾啾的叫声,霍雷肖落在了高高的泛光灯上。"他们来了!"他展开他那双白色翅膀说道,"各就各位。向右转,猫儿们,站到桶上面,排成两队站好。抓紧时间,战斗位置!"

霍雷肖的话在猫儿们身上产生了电击一般的效果,他们不约而同地从地上跳到了旧瓶回收桶和绿色垃圾桶上面。

"谁来了?"摩今跳到福斯旁边的绿色垃圾桶上问,"还有,这是什么味道,这么难闻?"

"这不过是小事一桩,宝贝。"玛梅雷德大声说,"我们正处在一场战争中。"

"现在没时间解释了,"福斯说,"你会打架吗?"他用唯一的一只眼睛转向摩今看了看,很快又转回了墙的方向。

"我通常避免采取暴力。"

"那你现在失去这种奢侈了。他们来了。"

墙的那边,一群烂猫汹涌而出。

Chapter 22 第二十二章
必须这样做

一共五只猫,他们浑身散发着臭气。摩今发现自己正在努力屏住呼吸,那种气味实在太令人恶心了。而在他身旁,福斯发出了紧张的低吼声。摩今颤抖着吐了一口气,又长吸了一口气。福斯用他那琥珀色的眼睛轻瞥了摩今一眼,想看看他是不是害怕了。

摩今举起爪子在面前挥了挥,表示自己并没有害怕。

他朝小柔看过去,小柔站在一个旧瓶回收桶上,身体弓着,尾巴高高翘起,紧跟在索纳塔身后。她看起来很害怕,但是她的第六感很强,好像已经准备好战斗了一样,尽管她现在还是更像一只家猫,而不是野猫。摩今想要绕到小柔身边去,正在研究最佳路线,这时,玛梅雷德漂亮地纵身一跃,挡到了小柔面前。

玛梅雷德看向摩今,朝他点了点头。

摩今也朝她点了点头，对这只蓝猫充满了感激。

烂猫队伍中，领头的是一只玳瑁猫。他的身体又瘦又长，看起来是普通猫身长的两倍，好像摩今曾经见过的中间有接头的货运卡车。他的一双黄色的眼睛放着凶光，斜视着大家，长长的胡须呈之字形地伸到空中，狰狞地笑着，露出像玻璃碴儿一般尖尖的牙齿。他的两只耳朵竖起，像两个完美的三角形。

他坐在两只后爪上，翘着尾巴，做出了摩今从未见过的举动——从左爪开始，将爪钩一个接一个地伸出来，直到右爪最后一个爪钩伸出为止。每个爪钩伸出来划过空气时，都会发出嗖的一声，仿佛风刮过玻璃的声音。而他每一个伸出来的爪钩都有摩今的两倍长。

伴随着他发出的交响乐一般的声音，这只猫咧嘴笑了，抬头看着福斯，对着福斯的眼睛一个个展示着他的爪钩。摩今感受到了福斯体内愤怒的低吼，还有他那抑制不住想要打斗的冲动。

摩今想要感受自己身体里的恐惧，却发现那感觉几乎已经消失殆尽。他想起了那个扭动的袋子，那冰冷刺骨的湍急河水，还有那些他努力试着要从水中拽出来的猫爪。他想起了差点死掉的那个夜晚，他所有性命差点一次性完蛋的那个瞬间，他还想起了那只夺走小柔第一条性命的水貂，以及他在酒吧与之战斗过的那条狗。他沉浸在所有这些回忆的感受中,看着那只猫的超级爪钩,心里想着,如果必须要打架,那我就打,使劲打。如果这意味着能保证我妻子和朋友的安全,那我就用自己的方式拼了命去打。

"你们知道我们为什么过来,"领头猫开口了,"我们需要一个住的地方,一个能确保我们的孩子安全的地方。"他的声音让摩今想起了空中的那些线,那里面有电,绝对不能碰。他感到福斯体内也有同样的能量在涌动。但是他恰好站在福斯的右边,福斯的右眼紧紧地闭着,他无法看到福斯的面部表情,只能感知到他的第六感,看到他的毛都竖了起来。

领头猫后面的四只猫整齐地歪头坐着。两只公猫、两只母猫,他们全都瘦骨嶙峋。

"你也知道,我们不可能让出我们的家,陶克希克。"这是杜在说话。他比其他的猫离地面更近,站在矮罐子的盖子上。跟在陶克希克那如高温铁水哀号般的声音之后,杜的声音显得很冷静。

被称作"陶克希克"的那只猫起身向前。他身后的两只母猫转身绕向左边,也就是玛梅雷德、索纳塔和小柔待的地方,而另外两只公猫则绕向了右边,他们四个完美地同步。

地上所有的猫都扬起头暂时按兵不动。桶上的猫也一动不动。空气中弥漫着紧张的气氛,每只猫的每一根胡须都竖了起来，每个爪钩都蓄势待发，准备大干一场。摩今感到他的第六感变得通明起来，从耳朵一路蜿蜒到爪子，最后到达尾巴。时间凝滞了。周围一片静寂。

这时陶克希克大叫了一声。

地上的猫跳了起来。

周围一片混乱，所有的猫都怒气冲天。

陶克希克扑到了福斯身上。虽然很突然，但是福斯及时跳开了。他打架的时候有着老虎一般的本能。尽管作为猫他的体型较小，但他不仅打斗凶猛、行动敏捷，而且从不知道害怕，这让他无论什么时候打架，看起来都好像胜券在握一样。然而，摩今的旁观者身份瞬间就结束了，因为一只黄猫跳到了他的身上，一切都变了。

摩今对这场袭击感到震惊，震惊于一只完全陌生的猫竟然离自己如此之近，还有面前那双眯起来的眼睛里满含的愤怒和仇恨。而实际情况是，摩今并不认识这只猫，根本从未见过他，更没有跟他说过话，而现在这只猫竟然扑到了他的身上，侵入了他的空间，高举着爪子，对准了摩今的脸……

摩今发现自己不能呼吸了，不过并不是因为那只猫扑在了他的身上，事实上他自己都搞不清楚到底是怎么回事，直到后来他意识到原来罪魁祸首是那只猫身上发出的臭味。于是摩今选择了关闭所有的感官，只用自己的本能——他的第六感。第六感从来不会让他失望。

气味消失了。一切变得安静。尖叫的猫儿们发出的喧嚣声以及猫爪子拍打在金属桶上的抓挠声都停止了。

摩今集中注意力对付他身上的那只猫。

摩今肚子上最柔软的部分被压住了，那里是存食物的地方，皮毛没有那么厚，而血管又接近皮肤。那只陌生的猫重重地压在他身上，他能感觉到猫的一只爪子随时可能抓住他的脸，狠狠地挠下去，带走脸上所有的东西，只留下一摊血，与此同时，另一只爪子则会随时刺穿他的肚皮。

震惊转为愤怒。

摩今跳起来，他的大尾巴甩了出去，一瞬间就把那只陌生的猫摔到地上。这并不难，实际上，非常简单。摩今转过头去，盯着那只陌生猫满是震惊的脸看了一会儿，看着他晕眩地后退，从半空摔落到地上。摩今几乎要打开他的听觉系统了，这样他就可以听到那伴随而来的惊呼，以及求助的呼喊，还有最后落地时的惨叫了。他差点就打开了，但是他的内心深处却出现了一个更大的声音，那个声音干扰着他，让他无法继续保护自己。那个声音在他的脑子里回旋，在他的皮毛上弹拨，刺激着他的感官，这是摩今喜欢的感觉，这让他感觉最像自己——有人需要他帮助的感觉。

他变得通明、敏锐，他立起身子，先将爪子收了回来，然后又伸了出去，在半空中停了一秒钟。就在这一秒钟里，他掂量着自己的重量，该站在什么位置、采取什么角度、从哪里开始采取行动，才能对那只名叫陶克希克的猫造成最大的伤害，同时又不会伤害到福斯，因为福斯正处在下风。福斯被那些长长的像剃刀一样的爪钩抓住了，他白色的喉咙正在流血，喉咙处最柔软的要害部位被那些爪子固定住了，令他无法移动。他闭上了自己仅剩的那只眼睛，把头转向了左边。当那只体格比他大得多的猫用整个身体死死的压制着他时，为了保护眼睛，这是他所能做的所有事情，也是唯一的事情了。也正因为这样，福斯并没有看到摩今已经跳到了他们的上方，同样，陶克希克也没有看到。

摩今能够看到陶克希克正对着福斯的耳朵说些什么，虽然无法听清具体说的是什么，但是摩今能够感受到那些字眼里流露出来的缓慢且无形的威胁，充满了阴险和仇恨。

正是感觉到了福斯需要他的帮助，摩今才重新连接了重力，他跳了下来，就像这样，十八个爪钩完全弹出，跳到了那只陌生猫的背上，一把将他扯开。摩今感觉到爪钩与皮毛的接触，感受到爪钩穿过毛发扎入柔软的皮肤。那是摩今曾经感受过一次的感觉，他并不喜欢那种感觉，但他知道，为了救自己的朋友他必须这样做。

陶克希克在震惊之中松开了福斯，他试图扭动身子，转向抓住他的那只猫。但是，就在他转身的同时，他也将自己身体最柔软的部位暴露了出来，而这也正是摩今试图寻找的部位。摩今径直扑向对方的喉咙和肚子，却没有撕裂它们，而是将这只猫死死地压在身下，让他先远离福斯。福斯躺在那里，几乎无法动弹，他用爪子捂着自己的一只眼睛，以及另一只眼睛曾经存在过的地方，轻轻地颤抖着。

现在要集中精力对付陶克希克了。摩今发现自己距离这只并不认识的猫、这只与他的世界毫无关系的猫是如此之近，他看到这只猫的黄色眼睛里充满了野性的怒气，感觉到他的愤怒中夹杂着痛苦和震惊。

那只猫在对他说话，对他说了些什么。但摩今听不到。他也不想听，他不想分心。

摩今在这只猫身上感受不到任何好的东西。这只猫想要抠掉福斯仅存的那只眼睛，让他失明。摩今举起了爪子，锋利的爪钩射了出来……然后，透过眼角的余光，他看到小柔正在往下跳。这一次，他毫不犹豫地转过身去确认她有没有受伤，同时脑海里翻腾着后怕，自己竟然没有首先保护好她。这是一个多么巨大的错误啊，如果真出点什么事……

不过她并没有受伤。她已经跳到地上了，仰头关切地看着他，她很安全。

摩今转回身来，注意力重新回到他身下的那只猫身上。

但是事情有点不对劲。

有什么事情错得可怕。

摩今眼看着恐惧在那只猫的脸上扩散，当他看到自己爪子的时候，恐惧也反射到了他自己身上，仿佛温暖的皮毛被泼了一盆冷水一样，他意识到自己做了什么——因为卡在他的爪钩缝里的，正是陶克希克那完美的三角形耳朵的耳朵尖。

摩今用力甩着爪子，试图把这块小小的三角形的肉从爪钩里甩出去，同时打开了自己的全部感官。

陶克希克在震惊、疼痛和难以置信的复杂心情中号叫着、怒吼着。他想要反击，但是紧接着，他在摩今身上读出了一些东西，这让他从桶上弹跳起来，向其他的猫发出了一声痛苦而刺耳的哀号。

刹那间，所有的猫都停止了战斗。

痛苦的哀号声在垃圾桶周围不断地回响，四处的瓶瓶罐罐又把声音放大了。

然后,所有的敌猫整齐划一地排成了一队,黄猫一瘸一拐地走在最后。他们跟在陶克希克的身后,从来时的地方一溜烟地逃回了墙的另一侧。

Chapter 23
第二十三章

被驱逐的家族

"你还好吗？"索纳塔问福斯，她的声音中充满了担忧。但是福斯的眼睛却盯着摩今。摩今则把目光移开看向了别处。对他来说，自己所做的事情是一个沉重的负担。那只猫的耳朵尖已经永远消失了。

"我想我还好。"福斯平静地说道，尽管陶克希克的爪子在他的脖子上抓出来的伤口灼烧得很厉害，就好像那疼痛并不仅仅是尖锐的爪子造成的一样。他裹着一件针织开衫，这是索纳塔从纺织品和服装区找来的。

福斯感到五味杂陈——他喜欢打架，也擅长打斗，可是陶克希克又一次打败了他，把他压制在地上，还在他耳边说他会怎样把他的另一只眼珠也抠出来。他能够想象，一旦自己的两只眼睛都没有了，变成了瞎子，还要依赖朋友来喂养、帮助自己，那只白猫就再也不会看自己一眼了。

他已经失去了一只眼睛，这使得他不得不调动所有其他的感官来武装自己，所以他也只能被迫听到所有爪钩一个接一个地慢慢亮出来时的嗖嗖声，被迫感觉到那些爪钩扎向自己，刺进自己的肉里，死死将自己钉住。那一刻，他知道不可避免的事情就要发生了——他即将失去一种感官，世界即将变成漆黑一团，然后……再不会……不会有空气和光，也再不会有痛苦。

他的尾巴抽搐着，胡须颤抖着，不自觉地发出喵的一声。

"他需要药。"眼看着自己朋友的条纹皮毛又一次颤抖，索纳塔开口说道，"他受到了惊吓，依旧非常不安。"

"他需要那种会带来刺痛感的东西，敷到他脖子的伤口上。"小柔倾过身子去看他，"那些伤口看起来很深。"

"别担心，福斯亲爱的，"索纳塔低声说道，"我去给你找那种会带来刺痛感的东西，我马上回来。"

其实，这一声"亲爱的"就已经治好了他一半的疼痛。

"那些猫是谁？"索纳塔跑开后，摩今开口问道。

"他们是烂猫皮尤特雷斯博斯，"杜说，"他们住在高墙的另一边。这就是我们本来要告诉你们的——我们原本是要提醒你们的，可是还没等找到机会说，他们就来了。对不起。"

"完全没关系的。"小柔说，"我们都还好好的，不是吗，摩今？"

"是的。"摩今嘴上回应道，心里却在想着那块还在他爪钩里的耳朵尖。

"跟你打架的第一只猫，摩今，叫阿黄，他来自一个叫伦敦的大城市。你要小心大城市的猫，他们打起架来可不要命。被你抓掉耳朵的那只猫叫毒药陶克希克，是他们的首领。白色的母猫叫盐索尔特，他们两个是夫妻。那只年轻的小公猫叫火卫一福波斯，他是一个很优秀的战士，而且很聪明。那只白化猫叫兰花奥奇德。她不怎么出来，特别是从来不在白天出来，他们只在想要大战一场的时候才带她出来。她并不强壮，却非常非常勇猛。"

"皮尤特——我发现这个词很难念。"小柔说。

"我们都觉得这个词很难。"福斯愤愤地说。

"一个字一个字地念，小柔，皮—尤—特—雷—斯—博—斯。"杜解释道，"皮是皮球的皮，尤的发音跟鱿鱼的鱿是一样的，特是特别的意思，雷就是打雷……"

"啊！听起来你好像识字。"小柔说。

"是的。"杜说，他的眼睛亮了起来，"你也识字？"

"当然！"小柔说，"我爱读书，而且摩今也在学习识字，他已经学得很好了。"

"书是我生命中最大的乐趣之一，"杜表示同意，"我在报纸区创建了一个小型图书馆。听到在我们回收中心的家中现在又多了两位认字的同伴,我真是感到欣慰。当我最后一条性命消逝的时候……"

"噢,杜,请不要这么说!"

"但是烂猫皮尤特雷斯博斯为什么要袭击我们?"摩今换了一个话题问。

"他们就是这样。"福斯说,"所有这一切都可以追溯到我的曾祖父切斯特菲尔德与他的弟弟哈利伯恩之间的一场矛盾,那场最终将哈利伯恩驱逐到墙那边的矛盾。哈利伯恩是第一只烂猫。从他的第一只小崽猫出生的那一天起,他们就一直想要接管墙这边的地盘,为此他们不惜以死相拼。"说完,他用一只条纹爪子揉了揉脖子。

"墙的那一边是什么样的?"摩今问。

"他们那边没有任何好东西,摩今,"杜说,"你看到他们有多瘦了吗?"

"是的,看到了。看到这些猫这么饿,我很难过。"

福斯插话说:"他们那边很恶心,没有地方住,到处都很臭,垃圾堆里冒烟,偶尔还会着火。真是非常危险。"

"那是一片荒地,"杜认同地说道,"被扔在那里的都是些对人类来说没什么好处,对猫来说更是超级可怕的东西。那片土地是致命的,它会灼烧你、伤害你,还会让你流血。那里有些东西,一旦碰到,你就会失去一条性命,甚至所有的性命。那边几乎没有什么吃的东西,而且吃饭简直就是冒险,因为食物都可能有毒。地下水喝起来也不安全,因为垃圾淌出来的东西全都渗到里面去了。"

摩今沉默了一会儿,然后轻声说:"如果你一无所有,就很难保持文明。"

"确实如此,摩今。"杜说。

"那么切斯特菲尔德和哈利伯恩之间发生了什么呢?如果你不介意我问的话。"

"切斯特菲尔德,我的曾祖父,"福斯自豪地说,"与他弟弟哈利伯恩发生了矛盾,哈利伯恩被驱逐到墙的那一边去了。有一天,他身边出现了一只流浪猫——她原本是一只家猫,但她的主人实在是太老了,于是死掉了——那一刻就是烂猫皮尤特雷斯博斯家族的起点。"

"这只流浪猫是一只漂亮的黑色母猫,名叫糖蜜莫来塞斯。"杜接着话茬继续说道,"哈利伯恩和莫来塞斯相爱了,他们在墙的那边组建了家庭。而在墙这边,福斯的曾祖母跟着一辆从郊区收集废品卖到二手商店的回收车来到了这里,他们在这里组建了一个家庭。"

"我真高兴哈利伯恩并不是孤身一只猫,并且每只猫都找到了爱情。但是最初却发生了矛盾,这实在是太遗憾了,"摩今说,"还发展到如此糟糕的地步,而且没有人说对不起,真是不应该。"

"你说的没错，摩今。"杜说，"但是恐怕现在说对不起已经太晚了。"

"他们以前一直待在自己那边，"福斯说，"但是最近他们一直在侵略我们，因为他们想住到这边来。陶克希克和索尔特有了孩子，这改变了以前的局面，他们变得更加凶猛。他们决心要把我们驱赶走，接管我们的地盘。"

"但这边这么大，"摩今说，"我到现在还没有探索完呢！难道没有足够的空间让大家都住在这里吗？你们都那么友善，允许我和小柔留在这里，为什么不能让其他猫也搬过来呢？我们不能一起分享吗？"

"霍雷肖告诉过我们说你们很好。他跟我们说过，是你们在沙滩上救了他的命。我们知道你们很善良，会跟我们成为一家人。"福斯说，"但是，烂猫不知道如何共享，他们有着强烈的领地意识。他们希望这边变成他们的地盘，而不是别人的。你必须明白，如果有谁去他们那边，他们会把他杀掉。他们想把我们赶走。他们想独享这个地方。我们不能冒险与他们产生任何关系——他们太危险了。"

福斯闭上了眼睛。

摩今感觉到，他们还有一个秘密没有说出来，这让他的第六感感到一阵阵轻微的刺痒。

福斯再度开口了。"就在陶克希克夺走我一只眼睛的那天晚上,"他说着,微微抬起头,"就在那天晚上……"

杜接着他的话继续往下说:"我们曾经有一个叫哲学家塞奇的朋友。塞奇总是很冷静,他不喜欢打架。然而就在看到陶克希克对福斯眼睛的所作所为之后,塞奇的第六感中有什么东西突然爆发了,他跟陶克希克打了起来,狠狠地打他。陶克希克回到了墙的那一边……"

猫儿们互相看着彼此。

"我们以为他已经走了。可是,就在我和索纳塔忙着照顾福斯的时候,陶克希克回来了。他找到了塞奇睡觉的地方,这一次他的爪子上带着毒药。"

福斯接过话来,讲完了这个故事。"三天后,塞奇失去了五条性命。这五条性命从他体内接二连三地走了,就像戴手套的人往下倒新运来的玻璃时一样,所有的玻璃瓶子罐子都被摔得粉碎。"

"他的性命一条接一条地走得都很快。"索纳塔说。

"他所有的性命?"小柔问。

"所有的。"福斯说,"他死了。塞奇死了,陶克希克杀死的。"

突然传来一个声音,摩今跳了起来,不过那只是玛梅雷德回来了。

"我一直很担心。"小柔说,"打斗结束时你一下就消失了,我还以为或许是奥奇德伤到你了。谢谢你一直照顾我。"

"宝贝,别搞笑了。我可是一只纯种的夏特尔猫。我们是非常出色的猎手。在法国,农民都会养些没有我血统高贵的夏特尔猫,好让他们来清除农场里的害虫。不行,宝贝,我之前浑身很臭,太难闻了。我那会儿感到很恶心,不得不先去我的盆子里洗了个澡。"她倒吸了一口气,"我知道,我也讨厌水,但要是再这样臭上一秒钟,我还不如死掉算了。而且,只要是跟烂猫接触过的地方,还极有可能会长跳蚤。"

小柔小心地抓了抓耳朵后面,然后对着空气嗅了嗅。"那是什么气味?"

"不是气味,宝贝,是香水,它的名字叫香奈儿5号,像我的祖先一样,也是来自法国。我在玻璃瓶罐区发现的。这是我的最爱,只在紧急情况下使用。今天就是一次超紧急的情况。哪怕是洗完澡之后,我还是觉得很脏,所以就只好用了一点点香水。"

"哦,人类扔掉的东西。"小柔眼馋地说,她真希望自己也可以闻起来这么美好。她朝摩今看过去,但他正盯着高墙,陷入沉思,沉浸在他的第六感中。

"摩今?"她叫他,用鼻子碰了碰他。

摩今抖了抖毛,转过身来面对着她。"嗯,小柔?"

"你在想什么?"

"我正在想这堵将我们分隔开的墙,我正在考虑关于地盘的事情。噢,小柔,我觉得要由我给这个地方带来和平。我知道我必须团结所有的猫,为猫类做好事。但是我绞尽脑汁,也不知道该如何去做。我根本就不知道怎么做好,这件事太重大了。"

Chapter 24 第二十四章
另外一种可能

第二天下午晚些时候，小柔正与玛梅雷德和索纳塔在小型家居用品区喝着下午茶，摩今则独自在回收中心散着步。他正在考虑墙另一边的那些可怜的猫。那些猫拥有得太少了。他想到他们瘦小的身躯、他们的孩子，以及他们在那里生活有多危险。

他想起自己跟别人说过的关于文明的看法：文明是要善待每一个生命，是对比你穷困的生命，甚至是对你不友善的生命，都要展现出善意。

那些话在他心中燃起了一团小小的、明亮的火焰，无法熄灭。如果那是文明的话，他之前就是不文明的。他想起了那块被他撕下来的耳朵尖所带来的恐怖，他记起了那块肉卡在他的爪钩里时的情景。他不得不甩了好几次，才把那个东西从他的爪子上甩到垃圾桶里。

他为这只耳朵而喵喵叫了起来,他想知道自己怎样才能成为一只更好的猫、尽自己的努力能做到的最好的猫,一只始终善待所有生命的猫,一只在错误的情况下能够做出正确举动的猫,哪怕那时正处在打斗中。

福斯找到他时,摩今正坐在电视和显示器区,盯着一个空白的屏幕,长尾巴摊在他身下的电视上。

"我想说谢谢你,摩今。谢谢你拯救我了的眼睛。原本我应该昨天就向你道谢的,可是在打斗之后,我的心里一直气愤难平。"

"那不值一提,福斯。谁都会那么做的。你今天感觉如何?"

"还是有些烧得慌。"福斯用一只爪子轻轻摩挲着喉咙受伤的地方,那里的毛发被扯光了,露出了下面的肉,看起来红红的。"我醒来的时候觉得有点晕,但是没什么大碍——要是没有你,我就失明了。"

"而且那样的话你就再也看不到索纳塔了。"摩今轻声说道。

福斯用他那琥珀色的眼睛飞快地瞥了摩今一眼,并且翘起了胡须,弓起了后背。然后,他跌倒了,鼻子蹭到地面上,他闭上了自己仅剩的那只眼睛。

"是的。"他承认道。

两只猫坐在他们自己制造的沉重的死寂中,任寂静发酵,在他们周围弥漫,消掉了回收中心的所有声音:机器的声音,货车倒车的声音,移动的声音,重压的声音,碾压破碎的声音,玻璃制品被倾倒出来的声音。随着他们逐渐关闭了听觉感官,沉浸于一片寂静之中,所有吵闹的声音都消失了。

"你可以用你的第六感来读我,如果你愿意的话。"摩今说,"我希望更好地了解你,福斯。这对朋友来说是件好事。"

"是的。如果你来读我的第六感,事情也会更容易一些。"福斯说,"我就不用自己大声解释我的感受了。你自己来读它们会更好一些。"

于是,这两只猫彼此靠近,用各自的第六感读取着对方的感受。两只猫都没有把对方推开,他们甚至还分享了自己藏得最深而又最美好的秘密。

"你非常爱她。"终于,摩今开口了。

福斯点了点头。"我对她一见钟情。"

"那你为什么不告诉她呢?"

"我本来打算说的,就在她来到回收中心几个月之后。我攒了很长时间的勇气来做这件事。"

"所以发生了什么?"

"就是那场打斗。陶克希克夺走了我的眼睛,而我也知道自己将永远不可能说出来了。那个时候不能,以后更不能。"

"可是为什么呢?"

"你看过索纳塔吗,摩今?"

"当然看过。你想说什么?"

"所以你已经看到了,她是全世界最漂亮的猫。"

"这个……"摩今想到小柔,沉吟了片刻,"她长得确实不错。"

"不,摩今。她非常漂亮。那么一只漂亮的白猫,一只长着一双漂亮大眼睛的白猫,又怎么可能会想要和像我这样的一只独眼虎斑猫在一起呢?"

"噢,福斯,千万不要这么说!爱情不是这样的。你读过索纳塔的感受吗?我是说,用你的第六感。"

福斯摇摇头。"她在我附近的时候,我就会关掉第六感。一直以来都是这样的——开始的时候我是因为害羞,后来,在我失去了一只眼睛之后。因为我知道,在根本毫无希望的时候,我要是仍然爱着她,就太愚蠢了。她也关掉了第六感。我从来没有读过她的感受,她也没有读过我的。"

"那你有没有想过,当她在你身边时,她为什么要隐藏自己的感觉?"

"因为她看到我就觉得可怕、吓人,她是一只善良的猫、一只漂亮的猫,她知道那些感觉会伤害我。"

"或者,也许是另外一种可能。"摩今说。

"另外一种?"

"相反的。"

"不会的。"福斯坚持道,"她就像在寒冷的日子里从天空中落下的雪花一样洁白、轻盈、优雅。她的体内有一个月神,就在她的哼唱中、脉搏的跳动中,还有那呜呜的叫声中。像她那么美丽的猫怎么会看上像我这样的猫呢?一只仅有一只眼睛的猫。"

"也许因为爱。"摩今说。

"不会。"福斯叹了口气,"爱情对我来说是不可能的。但今天我对此释怀了。几个月来,我一直以为只有一只眼睛是一件可怕的事情,我一直怨天尤人、心怀怒气。但是今天我觉得有一只眼睛是一件美好的事情,因为我原本可能连一只都没有了。我现在对自己的这只眼睛满怀感激,我对你非常感激。我只希望有一天能够有机会报答你。"

"但你已经看到我想要什么了。"

"是的,"福斯说,"你要在这里创造和平。但其实我并不需要读你的第六感来了解这件事。你是一个和平缔造者,我能看得出来,也感觉得到。而且我还看得出,你今天一直耷拉着尾巴,是因为你很难过,为自己撕掉了陶克希克的耳朵而难过。"

"我是很难过,你是对的,福斯。但是打斗——难道不能结束吗?我们都是猫,我们都生活在同一个月亮下。而且……"

墙那边的那些猫……他们是你的亲戚。"

福斯跳了起来，发出了嘶嘶的叫声："不要这样说。永远不要这样说。哈利伯恩是我们家族的耻辱。"

"但是他具体做了什么？他到底说了什么恶劣的话？"

"现在没有人记得了，反正很恶劣。"

"这就是不好的话带来的影响，福斯。当坏话残留到空气中时，它们就开始污染和毒害周围的人。坏话停留的时间越久，就会变得越来越伤人，直到最后，剩下的都是伤害，但是没有人会记得是为什么开始的了。这就是毒药运作的原理——只要滴出一点点，它就开始四处扩散，并且带来伤害。我见过瓶子里剩的毒药，洒了出来，流入大海。我见过它带来的危害。"

"不是我们想打，摩今，是他们。而现在，就在耳朵事件之后……情况只会变得更糟糕。"

摩今低头看了看自己的爪子。"但是如果我们之前向他们展示了善意呢？如果我们之前说出的是善意的话呢？"

"摩今，我读过你的第六感了，我知道你是很特别的，而且我还看到了你脖子上的圆环，那是月神送给你的礼物……但我警告你，这可是件大事。这可非常危险。不是每个人都可以被和平的诺言驯服的。有些人，无论你说什么，他们都会同意，但是接下来，他们还是会咬你。仔细想想吧。现在先跟我来。"

"你要去哪里?"

"今天是星期二,我们必须在中午开会,在报刊区。"

"为什么?"

"当地的报纸会在每周一出版,周二就会被送到这里。杜会在早晨读完,然后在四点半准时和我们分享里面的重要新闻。杜很喜欢阅读。他跟我说过,你和小柔都可以阅读,他真的感到很高兴,这样等他离开了,你们就可以继续教我们了。"

"这真是个悲伤的想法。"摩今说,"报刊区在哪里?"

福斯抬起了一只条纹爪子,指向回收中心的对角线。"在那边,"他说,"距离墙的尽头不远。那里有很多可以学习的东西。杜说,书籍会给你世界上已经存在的知识——他已经收集了一个小型图书馆那么多的书了——报纸则告诉我们周围正在发生、变化的事情。有的新闻可以告诉我们更宽广的世界,有的新闻则可以告诉我们,我们所在的城镇和我们附近发生的事情。有些新闻距离我们非常近——比如我们的回收中心要扩建的消息,有些则是发生在大海对岸的一些事情。你会喜欢的。"

"听起来很有趣。"摩今说,他感觉快乐一些了,"那就请帮我引路吧。"

于是这两只猫跳了下来,朝那边跑去。

Chapter 25
第二十五章

真正的新闻

杜坐在一个绿色大桶上面,桶上写着"报纸、杂志、图书"。他的前爪下压着一张报纸。全体猫儿都到了之后,他举起了一只爪子。

"这是在示意要安静,"索纳塔悄悄对小柔说,"而且我们必须收紧尾巴,围成一个完美的半圆坐好。"

在杜所在的大桶周围,猫儿们围成一个半圆坐好了。他们全都整齐划一地将尾巴盘了起来。

"猫儿们,"他们坐好后,杜开始说,"有大新闻、中新闻和小新闻,你们想先听哪个啊?"

"小新闻,"玛梅雷德大声说,"先讲小的、小的。"

"小新闻是下周四又是下乡收废品的日子。人们会从侏罗

纪海岸[1]周边的农村收来各种各样的东西,送到二手店里来。"

"还有什么其他新闻?"索纳塔大声问。

"你们是不是已经发现回收中心靠近纸杯区的出入口——具体是入口还是出口就看你站在哪里去看了——附近在扩建?"

---

[1] 侏罗纪海岸位于英国南部英吉利海峡,从东德文埃克斯茅斯奥科姆岩石群一直延伸到东多塞特斯沃尼奇老哈里巨石,总长153千米。2001年入选联合国教科文组织世界遗产。——译者注

"没错。"索纳塔说。

"现在他们完工了。我们回收中心的家扩大了。"杜带着几分骄傲说,"咱们中心现在的目标是回收德文郡百分之九十五的废品。报上还说戴手套的人会有新的回收车,会有七个货箱来装人们扔掉的垃圾。"

"这就是大新闻,杜?"玛梅雷德有点失望地问。

"不是,"杜说,"这是中新闻。还有大新闻、特大新闻,最大的那种。"

"哇——"猫儿们倒吸了一口气,他们都把耳朵竖到前面。杜打开了报纸。

"噢!这张照片是我们的家!"玛梅雷德叫了起来,"看,我在我的大衣橱上呢,这张照片拍得不错。看我对着镜头笑得多好!想想看哪,人类会怎么看我。这就是我眼睛的确切颜色!翻页,杜,还有吗?"

"啊,不是吧!这是墙的那一边。我想我看到陶克希克的尾巴从柜子里伸出来了。"索纳塔说,"这是关于什么的,杜?上面都说什么了?"

"人们抗议垃圾场带来的危险。"杜读道。

"很好,"玛梅雷德说,"人类抗议了。这真是个好消息,这是最好的消息。他们不喜欢烂猫,知道他们很危险。"

"跟烂猫没关系,玛梅雷德,他们抗议的是垃圾。"

"垃圾？发生了什么事，杜？"

杜清了清嗓子，念了起来：

"在风景如画的斯塔克罗斯海边地区，对于一处臭气熏天、遍地腐烂的垃圾场，当地居民的抗议声势正在逐渐壮大。这个垃圾场紧挨当地的废品回收中心，当地人都称那里为'梅克沼泽'。长期以来，城里的人们一直在采取各种行动以促使垃圾被清除掉。

"知名自然学家、同时也是当地居民的诺拉·安德鲁夫人说：'市议会需要负起责任来。我们作为纳税人，要求他们必须采取措施把本地风景中的污点清除掉。本地的空气和地下水都已经受到污染，对居民的健康造成了严重威胁。'

"市议会的发言人说他们正在就清理垃圾一事与环境机构进行洽谈，希望找到解决该问题的长久方案。然而，他们并不能确定什么时候开始行动。

"'这远远不够，'诺拉夫人说，'这就是我们为什么本周六要在市政厅举行抗议活动的原因。我们希望本地居民都能出来发声，让那些人听到。这个地方的垃圾必须清理掉，垃圾场必须关闭。'"

"万岁!"所有的猫一齐叫了起来。

他们的尾巴支了起来。

玛梅雷德呼吸急促地说:"噢,亲爱的!噢,这真的是新闻,这是真正的新闻!"

所有猫儿们一下热议起来。

"但是,"摩今说,"如果人类真的要清理墙那边,那边的猫怎么办,他们该到哪里去生活呢?"

然而,大家都兴奋不已,好像没有一只猫听到他的话。

第二十六章
被困住的小猫

整个下午,摩今一直都在担心。夜幕降临后,他听到了哭泣的声音。虽然声音很小、很细,但是在摩今的耳朵里,已经足够大了。

唯一的问题是,那声音是从墙的那一边传过来的。

摩今停了片刻,抬着一只爪子,鼻子迎着风,望向逐渐转暗的墨色天空。然后,他感受到了那股自己永远无法忽视的感觉——去帮助别人的冲动。所以他不假思索地攀上了那堵墙。

在墙头上,一股恶臭令他皱起鼻子。再往下看,他感觉自己的心脏停止了跳动。

福斯正走在去铝铁罐区吃晚饭的路上,他察觉到了朋友的动静。他抬起头来,正好看到摩今的尾巴消失在墙头上。

"是什么?"他想,"我刚才看到了什么?"

福斯以为自己出现了幻觉，因为他现在还没有痊愈。他的喉咙里像有一团火一样，让他全身燥热，爪子软绵绵的，行动缓慢。但是他确信那就是摩今的尾巴，而且他知道摩今就是那种不考虑后果就跨过墙的猫。

福斯努力集中注意力，回想着自己说过的话："我只希望有一天我能够有机会报答你。"他的朋友现在处在危险中，他必须出手相助。

他在摩今后面大声叫喊，又想去叫其他的猫，但是已经来不及了。摩今已经翻到了墙的那一边。

福斯往上爬着。他不得不借助常春藤的一根藤条，有些吃力地爬着，他头晕得很，不过最终还是爬到了墙头上。

坐在墙头上，他的心跳得厉害。那就是烂猫的地盘，目光所到之处的景象是这样的：到处是乱七八糟的黑色大垃圾袋、轮胎、破烂、从透明袋子里爆出来的腐烂的肉、一捆捆吃了就会送命的杂草，以及从各种巨大罐子里渗漏出来的酸性透明液体，它们能灼伤你的爪子，让你的毛变色，即便朋友再怎么试图救你也都无济于事。一旦沾上这些东西，你就完蛋了。地上还一阵阵地冒着各种气体。而穿过这一切的就是猫巷，那是一条沟渠，通往烂猫居住的地方。

放眼望去，那里没有一丝有美感的东西，这让福斯感到害怕。他真的很庆幸自己出生在墙的另一侧。他发现自己根本就是屏住呼吸的,他无法呼吸那种臭气。

他听到了一声尖叫,往下看去。

那只小猫很小,小到他可以用爪子一把抓住。她不应该离开妈妈的。她也许有八周大,肯定不超过十周。她那双明亮的蓝眼睛睁得大大的,从她那杂乱的白毛中显露出来,而她之所以狂叫是因为她被困住了。她又瘦又小,处在痛苦和害怕中。

她是只小猫,但她是只小烂猫,而摩今在和她说话。

"摩今!摩今!你在干什么!"

摩今抬头看了看,又重新看向小猫。

"摩今,太危险了,你不了解。他们会用毒药对付你的。"

摩今现在管不了那么多了,他必须出手相助。他知道肯定是戴手套的人在倒垃圾时没有注意到这只小猫。他们将垃圾高高举起,然后将碎石、破石板、瓦片、砖块和水泥块在一阵巨大的噪声中倾倒出来。在这样的声音下,凭人类那差劲的耳朵,他们肯定没有听到这只小猫痛苦的呻吟,而是驱车掉头穿过垃圾场,扔下自己制造的尘土和恶臭扬长而去。

现在这只小小的猫被困住了。她吓坏了,试图使劲把自己的尾巴从一块尖尖的破石板下面拽出来,情况非常危急,她可能会永远失去自己的尾巴。

摩今轻声和她说着话,试图安抚她。然后他试着去抬起石板，但是对一只猫来说，那实在太沉了。他感觉哪怕自己的两只前爪用尽全力，也只能够抬起一两秒钟，然后石板又会重重地砸到小猫身上。

他抬头望向墙上福斯所在的地方。

"就是现在，"他说，现在就是需要你帮忙的时候。"

福斯惊呆了，这可不是他所料想的能够提供的帮助。要跳过去，要特意跳过去，跳到墙的那一边，这简直是疯了。这简直就是死亡宣判。

他感到不寒而栗。

他往下看了看他的朋友，他正在竭尽全力帮助那只小猫。

现在福斯能做的只有一件事。

"我要下去了，"他对自己说，"我必须帮助朋友。"他闭上眼睛，把敏锐的第六感打开，然后跳了下去。落地时非常危险，他差点跳到了一个上面标着"有毒"的罐子上。

"帮忙推。"摩今说。

然而福斯还处在震惊之中。"我做到了，我过来了，我真这么做了，我跳下来了，我现在是在另一边了！"

"谢谢你，福斯，现在听好，你越快干活，你就能越快回到那边去。快帮忙，赶紧。"

福斯抖了抖身子，然后把前爪放到了石板下面。两只猫一起使劲推呀、抬呀，终于抬到了有足够的空间让小猫把尾巴拿出来,但是那只小猫却一动不动。

"动一动!"福斯对小猫说,"动一动你的尾巴!"

但是那只小猫太小了,已经被吓傻了。她只是拿蓝色的眼睛瞪着他,根本不明白他的意思。

"你觉得自己可以撑住这块石板吗?就撑一秒钟。"摩今问。石板的重量已经在福斯脸上显现出来,他的眼神看起来有些恍惚。

"我可以。"

"那好,我数到五放手,你只需要撑住一秒钟的时间。我就需要一秒钟。"

"一、二、三、四、五。"

摩今跳到后面去了,福斯只能靠一己之力撑住石板的重量。摩今猛地蹲下去,叼起小猫的后颈,把她拖出了危险区,与此同时,福斯也没了力气,尖尖的三角形石板哐当一声砸

到了地上。

石板摔成两块小三角形，满地尘土飞扬。

福斯躺在地上，胃里一阵阵地抽搐，起伏不定。

摩今看着那个小生命。她现在不哭了，但是她漂亮的蓝眼睛紧闭着。

福斯挣扎着站了起来。"需要回到那边了，"他说，"快点，现在他们能闻到我们的气味了，他们会从猫巷那边过来的。"

"什么是猫巷？"

"就是那边烂泥地里的一条沟渠，通往他们的家，他们居住的地方。其实那里并不是真正的烂泥地，毕竟已经很久没有下雨了，但是那边一直都很潮湿。我们这边的猫从来没有去过。快点，摩今，我们不应该在这里。"

"不行，"摩今说，"她被吓坏了，而且我想她的尾巴也破了。"小猫一动不动地躺在地上。"你跳回去吧，我要带着她去找她妈妈。"

"你现在简直就是疯了。"

"我会看着你安全爬上墙的。"

"以月神之爱的名义，摩今，请跟我一起走吧。"

"福斯，你已经帮过我了，我真的很感谢你。现在你必须走了。"

福斯无需再多言了。他转过身，开始往墙上爬。他爬得并不顺利，一直往下掉，他头晕得更厉害了。最终，他借着常春藤将自己拖上了墙头。

他朝下看着自己的朋友，再次做出了努力："上来，摩今，求你了。"

"我不能，我必须做这件事。"

"你不能做，你疯了！"

"也许吧，"摩今说，"不过这是对的事情。"

说着，摩今尽量轻地叼起了小猫，小猫在他的胸前摇晃着，他的嘴边就是她虚弱的心跳声。他开始在垃圾堆中寻找通往猫巷的路，小心翼翼地避开那些罐子里洒出来的毒药，防止爪子被烧伤。

Chapter 27
第二十七章

处处都是危险

摩今小心翼翼地选着自己的路。到处是散落的日光灯管、屠夫扔掉的装着各种下脚料的破袋子、歪倒在地的漂白剂瓶，还有一只刚死不久的动物尸体，一群乌鸦正站在上面啄食。乌鸦瞪着他，却也不飞走。四处弥漫着腐烂的肉的恶臭味，嗡嗡作响的苍蝇四处飞舞。一阵风吹来，情形更糟了。

他的爪子开始感觉有些烧灼，肯定是因为他刚才踩到的东西，踩上去的时候觉得凉凉的很舒服，现在却烧得厉害。他闻到了某种味道，就是以前酒吧早上打扫卫生的味道，人类把一个黄色的桶推来推去，还在地上竖起一个黄色的三角锥。就是这种味道，小柔曾经警告过他千万不要踩到上面去。

他肯定踩到上面了，因为那股味道一直跟着他，变成了他身上味道的一部分，变成了他的一部分。

现在他已经进入了猫巷。尽管有些地方与戴手套的人新倒垃圾的地方交界，并且有些垃圾已经溢了进来，但这条沟渠总体上还算干净。摩今想，要想让这条巷子保持整洁、远离垃圾是多么不容易啊，简直就像打一场注定赢不了的战争。什么样的猫也不应该生活在这样的环境里。

他嘴里叼着的小猫前后晃来晃去，她的腿耷拉着，摩今的每一步都必须迈得很轻，以免给已经遍体鳞伤的她再带来二次伤害。

摩今感到处处都是危险。他看不到自己的脚下有什么，他的眼睛得一直注视着前方，而且他也必须保持自己目视前方，因为在周围那么多种不同的气味中，他已经闻到了应该闻到的味道——他能闻到烂猫身上那股特别的臭味了。他知道，如果他现在已经离他们的家很近，他们当然也能够闻到他的味道。

就在这时，一阵哀号传来，紧接着，那只名叫盐索尔特的母猫从空中向他扑了过来。他的嘴里叼着小猫，不能跳，不能蹦，也无法利用尾巴把自己撑起来，或者做什么其他自己擅长的动作。他只能静静地站在那儿，嘴里叼着那个小生命，等待碰撞带来的冲击力。他不能让小猫掉下去，她实在太虚弱了，所以他抬起两只前爪来保护她，只靠两只后爪来保持整个身体的平衡。

白猫猛扑到他的脸上，摩今感到锋利的爪钩抓进了自己眼睛左右两边的肉里。他感到爪钩扎了进去，自己的眼睛旁边有血汨汨地往外流。而当索尔特把爪钩收回去时，他又感到一阵猛烈的撕拉，将他拽倒在了泥泞的地上。

"把我的孩子还给我！"她嘶嘶地叫着，"现在就把她还给我！"

摩今张开嘴巴，松开了那只小猫，小猫安全地落在他脖颈处柔软的白色皮毛上，却没有发出一丝声音。

索尔特跪了下来，用鼻子拱着她的孩子，努力感受她的心跳。她喵喵地叫了一声，然后又一声，小猫无力地发出了一声痛苦的呻吟。摩今把头转了过去，他不愿意看到索尔特痛苦的样子。

那只白猫又重新把注意力投向了他。"我一定会找你报仇的！"她发出了最后一阵嘶嘶声，然后将自己的宝贝衔到嘴里，小心翼翼地迈着步子离开了。她发出了可怕的哭泣声，她的哭声让摩今感到担心。他不是为自己担心，而是为一个母亲破碎的心，因为她的宝贝已经失去了一条性命。

他挣扎着站了起来，抖了抖毛，转向墙的方向。他在流血，而且浑身散发着臭气。他确信自己现在的伤口肯定更多了，但是他还活着，而那只小猫也还有八条性命，这是他能够为她做到的最好结果了。

他抬起一只爪子，往前伸，但是伸不出来。

他又试了一次。

还是动不了。他的尾巴被拽住了。

好像有什么东西站在上面。

"你现在还想往哪里跑？"一个像碎玻璃一样的声音响起。

摩今扭头，看到了陶克希克的脸。

Chapter 28
第二十八章

跳入黑暗中

就在母猫们开始感受到爪钩里那股强劲的力量要拽着她们去夜间狩猎时,杜正不安地徘徊着。

"今天大概会刮一夜的风。"玛梅雷德看着一个被风刮得沙沙作响的大塑料袋说。

"哎,福斯到底去了哪里?"索纳塔说,"我已经好几个小时没有见到他了,他的脖子还需要涂更多会带来刺痛感的东西。我真是着急,他的状况还一点都没有好转。"她的爪子旁边放着一个瓶盖,上面闪着微光的是那种会带来刺痛感的东西。索纳塔费了好长时间才在一个棕色瓶子的底部找到一些,但她不会把这些告诉福斯的。

"我真担心摩今。"小柔说,"这不像他啊,他从来没有出去这么长时间而不告诉我的。我实在想不出他去干什么了。"

黑影中有东西在动。"好啦,福斯回来了。"玛梅雷德说,"时间差不多了。"

但是什么地方不对劲。福斯拖着爪子,慢慢地挪动着。他努力想站到装酒瓶的板条箱上,却还是无力地倒在了地上。索纳塔喵的一声大叫了出来,跳到他的身边。福斯将自己拖进了板条箱和旁边的盒子之间的狭小空隙里,里面很黑,也很挤。他把尾巴拉了进来,使劲围在自己身上,浑身止不住地颤抖。

索纳塔发出了一声哀号。

"往后退。"杜不知道从哪里冒了出来,把他的一只爪子放到了福斯的额头上。

"怎么了?"索纳塔问。

"他发烧了。"杜说。

"对一只猫来说发烧可不是件好事,"玛梅雷德说,"从来都不是好事。"

"他又热又冷,"索纳塔说,"快,那种会带来刺痛感的东西,我要给他抹上。"

"他好像在说什么。"小柔往前倾着身子听。

福斯的声音的确非常非常小,基本上就是喘气带出来的声音,而不是说出来的话音。猫儿们都屏住呼吸才听清楚——

"摩今,"福斯呼出气来,"他翻墙过去了。"

小柔大叫了起来:"噢,不!噢,摩今!我们必须走,我们必须去帮他！"

"对，我们必须去帮他！"杜说。

"天哪，你丈夫有什么毛病？他为什么要做这样的事情？他想找死，是不是？但我肯定是不害怕的，我就是为打斗而生的，我流淌着战斗的血液。"

"是啊，玛梅雷德！杜，我们快走吧！"小柔说着，她的爪钩已经伸了出来，"我有八条性命。快，各位，我们必须走！快点，索纳塔！"

"我马上就来！"索纳塔朝着黑暗大喊，"等我。"

"快点！"小柔说，"我们在墙头上等你。噢，求你了，请一定要快点！"

索纳塔看着福斯蜷缩在地上的身体，"我们不会太久的，就……"她发现自己什么也说不出来，只能发出奇怪的喵呜声，她抬起一只爪子，温柔地在福斯的额头上抚摸着。

他唯一的那只眼睛睁开了，看着她。

然后又闭上了。福斯感到自己正在往下跌落，他觉得索纳塔的脸也让他浑身发烫，他感觉自己开始做梦了。

他全身打了一个大大的寒战。

索纳塔看到了，不由自主地发出了喵的一声。"我很快就回来。"她在他耳边轻声说。她用爪子蘸了一点那种会带来刺痛感的东西，抹到他的脖子上，那个地方已经没有毛了。

他一动也不动。

她把鼻子凑到他的鼻子上，闻着他呼出的气。他那微弱的气息喘得很急促，而且一直打着寒战，仿佛他的五脏六腑都在经历痛苦。

他呼出的气味不像是他的。

这让索纳塔感到害怕。

"我很快就回来，"她又说了一次，"亲爱的。"她补充道。

她转身走了，心在哭泣。她跳到黑暗中，她的朋友正在墙头上等着她呢！

福斯没有听到这句"亲爱的"，他正在凝望爸爸妈妈的脸，那是他已经三年没有见过的两张面孔，是他们将他带到了这个世界。他们朝着他微笑，发出高兴的呜呜声。他们身后的月光很亮，这是个去狩猎的夜晚。突然之间，他感到一阵温暖。如果走到爸爸妈妈那里，他就安全了。

他朝着那轮月亮跳了过去。

在板条箱和盒子之间，福斯的尾巴尖轻轻动了一下，耳朵尖也轻轻动了一下，然后他就静静地一动不动了。

Malkin Moonlight
一只猫的使命

Chapter 29
第二十九章

美好总是更强大

摩今看着陶克希克的耳朵，原本完美的三角形已经被撕成了锯齿状。他没有看到对方的爪钩已经一个接一个地伸了出来，因为他不想去看。但是他却听到了它们伸出来的声音，黑夜放大了声音，并且让那声音听起来更加真切。

"不是你想的那样。"

"你伤害了我的孩子，现在又来告诉我该怎么想？"

"事情不是那样的。"

"你以为我会听你的？给我闭嘴，猫！你撕掉了我的一只耳朵，还胆敢到我们这边来想杀死我的卡莉卡。现在你要为此付出代价。"

一滴血滴进了摩今的右眼。他都忘记自己受伤了。现在他感到脸上被抓伤的地方特别疼，眼中一半的世界已经变成了血红色。他不想打架。

"你撕掉了我的耳朵,"陶克希克说,"现在我要挖出你的眼睛。"

"我很抱歉撕掉了你的耳朵,"摩今说,"但是别让我再撕掉另一个。"

陶克希克笑了起来,笑声就像战争的号角,搅动了整个世界。那种声音会让人类感到不寒而栗,并且闭上眼睛思考:局势现在起了变化。"另一个?黑猫,你还挺有信心。"

"如果你一复仇就弄瞎别的猫的话,整个回收中心恐怕早晚都会变得全是瞎猫了。"

"如果事情只能是这样,那就让它变吧。"

摩今闭上眼睛,身体准备好迎接陶克希克的重击。

来了,那撞击直接令他吧唧一声栽进了烂泥地里。

就在那一瞬间,他想起了小时候被河水冲到泥泞岸边的情形,他冷得一直打寒战,差点死了。现在,他最痛恨的那种又湿又冷的感觉又来了。他只想蜷缩起来,颤抖一夜。到第二天清晨,小柔就会来救他,他的生命又会是新的了。

接着,他又感受到那些尖锐的长爪钩抓住了他的喉咙,将他往下摁。死死地摁着,却并没有撕扯他。

但是他还是不想还手。

他可以打,而且他会再一次打赢,他很清楚这一点。上次他就赢了,何况现在陶克希克已经失去一截耳朵,平衡力也因此减弱了一些。

但是他不想打。卡在爪钩里的那块耳朵所带来的恐惧感一直像噩梦般纠缠着他。

而且,他知道自己的使命。他确信月神就是希望他给这个地方带来和平。

所以他不会再打斗了。

陶克希克的第一记爪钩扎了进去,爪钩扎进摩今柔软的皮毛里,摩今感受着那爪钩的锋利,感受着扎进来的爪钩将原本在体内的东西挤压出来时产生的奇怪的异物感。

然而,他还是不还手。

他的目光掠过陶克希克不完美的剪影,抬头往上看去。四周的黑暗和冰冷压迫着他的眼睛、他的鼻子,还有他的爪垫,直到陶克希克将他掀翻在地,向下用力压着他的脸,压得嘎吱作响。摩今本想叹口气,但是这样他的鼻子里就会充满恶臭,所以他关闭了一些感官。这是一种解脱,这样就可以把眼睛里的最后一滴血挤出来,也能摆脱鼻子里的臭味。他将听觉保留了下来,并且让自己的第六感在整个身体内涌动。陶克希克正骑在摩今的背上,他感觉到了这只年轻的猫体内流淌的第六感,感受到了他紧绷着的肌肉和力量。

有一瞬间,陶克希克害怕了,而摩今则利用这一时机把他从自己背上甩了出去。这时索尔特的声音在旁边清晰地响起。

"你还在等什么？"她尖叫着，腾空扑向了摩今的喉咙，抓住了他的毛，把白色的月光之环抓掉一块。

摩今往后跌倒了。跌倒的时候，他突然闻到了自己最喜欢的味道。那是他无论走到哪里都会认出的味道。即使在这个臭气熏天的地方，即使在这么糟糕的状况下，摩今还是知道美好总是会更强大一些。

美好总是会更强大一些的，虽然有时候很难，但是做好事总是对的。

这个味道就是好的，岂止是好，是非常好——湿润的青草和小花的味道。这正是猫巷所缺少的。

可是，他不希望她卷入危险中。

"小柔！"摩今大声喊道，"是你来了吗？"

"那只猫疯了，"索尔特说，"他幻听了。"但她还是抬起鼻子，在夜晚的空气中猛吸了几下，"陶克希克！我闻到了一股味道，有一股甜味正在接近。"

"没有，索尔特，是那边刮过来的风而已，这里只有我们。"陶克希克闪着黄色的大眼睛嘶嘶地说。他把两倍长的尖爪钩插进了摩今脖颈处的软毛里。"你现在只有你自己，黑猫。"他撕掉了那保护着他的敌人的月光之环最后残留的部分，然后对着自己随时可以撕掉的摩今的耳朵小声说道。

"不，他不是！"小柔说。

陶克希克和索尔特朝上看去。

"我们来了。"小柔说道,她的声音昭示着她已经做好了战斗的准备,"现在放开我丈夫!"

在她的身后,站着杜、玛梅雷德和索纳塔。

五对二可没什么胜算。

"跑。"摩今说。

"要么就待在那里等死。"玛梅雷德挥舞着爪子说,她长长的爪钩已经伸了出来,"即使对于一只烂猫来说,这也是一道简单的选择题。"

陶克希克和索尔特飞快地瞥了对方一眼,然后同时跳了起来,朝着猫巷跑了回去。

第三十章
唯一的办法

猫儿们一回去,索纳塔就钻到福斯待的地方找他。她发出了一声可怕的叫声:"他失去了一条性命!啊,不要啊!他失去了一条性命。他只有五条性命了。我甚至没有在这里接住他!"

索纳塔环抱着福斯,轻轻呼唤着他的名字,其他的猫则你看着我,我看着你,面面相觑。福斯没有睁开眼睛,他的爪子有气无力地动了一下,身上特别烫。最糟糕的是,他身上的气味特别怪,他闻起来几乎就像一只烂猫。

索纳塔一直用爪子环抱着他。

起风了,纸和纸板被吹得到处都是。天空落下了雨点,雨点在回收中心奏起了奇怪的音乐。

猫儿们分别躲到福斯旁边的板条箱和盒子下面避雨,互相隔空喊话。

"他会失去全部五条性命吗?"玛梅雷德喊道,"他这次发烧可不是一般的发烧。也许他所有的性命都会很快消失,一条接一条,就像塞奇那样。"

"玛梅雷德!"杜警告她,"别说这样的话。我不知道该怎么做。他需要药,而我们没有。"

"好吧,我知道我们必须做什么了,索纳塔。"玛梅雷德在风雨中提高了嗓门,"但是宝贝,你肯定不愿意听到这个。"

"什么?"索纳塔大声问,"我们能做什么?"

"我们必须让动物保护协会的人把他带走。这是唯一的办法。"

"绝对不行。"

"为什么不行,宝贝,如果那样能让他活下来,为什么不行?"

"因为那样的话我就永远失去他了。那场可怕的战争改变了一切,这已经够糟糕的了。我们马上就要坠入爱河了,我们就差一点点了。但是那一刻,他失去了一只眼睛,而我失去了他的心。我那时真的很难过,但是至少他还在我身边。这对我来说已经足够了。差不多足够了。求求你了,不要把他从我身边带走。"

"但是宝贝,如果我们把他带到戴手套的人附近,他们就会看出他生病了,就会给动物保护协会那个开货车的挂着大耳环的女人打电话。动物保护协会里有兽医。"

"福斯不需要兽医。"索纳塔说,"他需要休息,需要爱,还有那种会带来刺痛感的东西。"

"现在他需要的不止这些。"杜轻轻地说,他踮着脚尖,在雨中轻轻地走到板条箱之间的空隙中,往里看着,"玛梅雷德说的对,他需要去看兽医。毒药已经进入他的血液中有一段时间了,他的状况比之前更糟了。"

"他的血液中没有毒药。"索纳塔的声音很大,"他的血液中怎么可能会有毒药呢?"

"是陶克希克,陶克希克在他的爪子上放了毒药。"

"如果陶克希克的爪子上有毒药,摩今肯定现在也病了。摩今那天晚上和陶克希克打过——他还把他的耳朵撕下来了,记得吗?他就没有发烧。"

"我撕掉陶克希克的耳朵的那一次他没有抓到我。"摩今从自己躲雨的箱子底下喊道,"那一次没有,不是他抓伤福斯的那一次,那一次他没找到机会。"

"但是他刚才也抓你了。"

"没错,我的伤口很痛,但是并不感觉烧得慌。"

"福斯不能离开我,"索纳塔说,"谁也别说了。"

"我们必须把他带到戴手套的人那里,宝贝,现在他们是唯一可以帮助他的人。我们需要人类的帮助,他们会去叫动物保护协会的人。"

"但是那样我就永远见不到他了。"

"是,你再也见不到了,"玛梅雷德说,"但那就是爱,那就是这件事的本质。有时候,为了得到爱,你必须失去爱。杜给我读过很多类似这样的故事。"

"我做不到。"

"是啊,索纳塔,你确实做不到,但是你知道你必须这么做。你必须做好心理准备,索纳塔,你必须说永别,就像我的祖先在法国时说过的那样,而不是再见。"

索纳塔痛哭起来。

"请答应我们吧,索纳塔,为了福斯。"杜说。

索纳塔在狭窄的空间内又蜷了蜷身子,背对着杜,弓起整个身子环着福斯。

她轻轻地哭泣了一会儿,然后陷入了沉默,她的沉默笼罩了每一只猫。

"好吧,"最终,她开口说道,"如果他明天中午还不好转的话,我们就把他带到戴手套的人那里去。他们可以去叫动物保护协会的人。到那时,你们都离远一点,你们肯定不想让他们把你们也带走。"

她在那个狭窄的空间里更加用力地蜷了蜷,尽可能近地环绕着福斯打着寒战的身体,然后闭上了眼睛。

Chapter 31
第三十一章

第一步是信任

"到时间了。"中午的时候,玛梅雷德说,"我们必须把他送走了。我已经去看过戴手套的人在哪里了。我们把福斯带到那边去,然后把他留在那里。戴手套的人会帮他的,宝贝,他们会给动物保护协会打电话,以前他们就是这样帮助我们的。"

"我觉得他好一些了。"索纳塔说,"我觉得咱们应该再等等,再等一小会儿,就一小会儿。"

"到时间了。"摩今说,"就像玛梅雷德说的那样,我们把他送走吧,勇敢点,索纳塔。"

"我们都会和你在一起的,"小柔说,"我们会一直陪着你,直到他被带走……"然而这时,小柔的声音低了下去,因为她感觉到了索纳塔的孤独,她的福斯不在身边的那种孤独。

就在这时,陶克希克和索尔特跳到了墙上。

所有的猫同时闻到了他们的气味,感觉到了他们的出现。他们的头齐刷刷地抬了起来。

陶克希克的嘴里叼着一株开着紫花的绿色植物。那是一株很大的植物,以至于摩今几乎都要看不到后面的猫了。

"你想要干什么?"索纳塔嘶嘶地吼道,身子弓成了S形,"你们觉得自己做得还不够吗?"

索尔特慢慢地眨着眼睛,看着摩今。"我们有话要对你说,黑猫,还有你那位生病的朋友。"

"很好。"摩今说。

"卡莉卡已经从惊吓中平复过来了。她开口说的第一句话就是关于你。她说你和你的朋友救了她。我们之前并不知道,另外,我们真的感到很抱歉。是吧,陶克希克?"

陶克希克点点头,那株植物随着他一上一下。

"卡莉卡说,她的尾巴被压住了,你和你的朋友把她救了出来,就是现在生病的这位。你们救了我们的宝贝,我们希望能报答你们,而且我们也可以——我们知道你的朋友为什么得病。"

"滚开!"索纳塔嘶嘶地说,"我们也知道。我们非常清楚他为什么得病。这就是为什么我们不希望从你们那里得到任何东西的原因。"

"给他们一个机会吧,索纳塔,"摩今说,"他们是来帮助福斯的,也许他们能救他。"

索纳塔嘶嘶地叫着,没有再说话。

"你们好像认为我们没有尊严,但是我们有。"索尔特抬了抬鼻子继续说道,"我们不会欠账不还。所有我们想要的,不过只是希望你们公平地对待你们的土地,给我们分出一个安全的地方来,让我们居住、养孩子。与此同时,我们也为你们的朋友福斯带来了这株植物,如果你们同意我们跨过墙来的话……"

"这是骗人的,"玛梅雷德说,"别相信他们。看看他们,如果你看不见——"她皱起了小巧的蓝鼻子,"那就闻一闻。"

"现在是五对二。"杜说,"如果他们是来打架的,我们的胜算更大。"

"不,如果他的爪子上又带了毒药呢,"索纳塔说,"不能和搞小动作的猫来往。"

"给他们一个机会吧。"摩今说,"我们都是猫类,我们都是一样的,只是我们所处的环境不一样而已。玛梅雷德,你大概认为,他们住的地方又脏又臭,所以那样的环境也让他们变得令人厌恶。那既然这样,我曾经被关在一个粮仓里,我是不是也变成了一只坏猫呢?"

"我认为你们应该听摩今的。"小柔安静地说。

"所有这些坏话都可以追溯到一场很不好的争吵。而这就是坏话产生的作用——它们一直往下传,直到最后都没有谁还记得最初是怎么回事了,每一只猫却生活在坏话带来的后果之中。但是,善意则是一旦开始,永远不会停止。如果你一直能保持善良美好,那么你周围的猫也会变得美好。每只猫都会快乐得多。第一步是信任。如果你不相信他们可以到这里来帮助你,索纳塔,那么你将失去福斯,然后你会对他们更生气,之后会这样一直延续下去。但如果你能相信他们……"

索纳塔看了看福斯,他已经开始打战了。"好吧,"她说,"他们可以把植物带过来。"

陶克希克跳了下来,索尔特跟在他的身后。他走到福斯躺着的地方,放下了那株长着紫色花朵的绿色植物。那植物闻起来怪怪的,玛梅雷德把鼻子别了过去。

陶克希克坐在两只后爪上,"这株植物,"他说,"会让你们的朋友好起来。"

杜用爪子拍了拍那株植物。"我读到过一些关于一种长着绿叶和紫花的植物的内容。"他说,"他们说的是实话,索纳塔。猫可以用很多植物来给自己治病,这就是其中一种。"

"这种植物对人类有害,所以他们把它倒在我们那边。但是它对猫有好处,"索尔特说,"你必须擦一点到他的伤口里面,然后加一点到水里,让他喝下去,或者把它放在他的鼻子上。我们一直在用这种植物,因为我们的血液中经常会进去不好的东西。每次一有这种植物被丢弃,我们都会把它存起来。它能让你很快好起来的。"

"谢谢你们。"摩今说。

"我们不谢他们!"索纳塔说,"你把毒药涂在爪子上杀死了塞奇,现在你又伤害了福斯。"她说话很用力,但是她的声音在颤抖,并且最后喵的一声叫了出来。

陶克希克弯弯曲曲的胡须耷拉了下来。"那是个意外。"他说,"我们这边有那么多不好的东西。我的爪子也很长……"他举起一只前爪,"爪子里面会进去不好的东西。对你们的朋友塞奇我也很抱歉——他一向很绅士，很善良。那天晚上我过来是想看看他是不是好一些了，我很担心，因为我把他伤得很厉害。那天晚上我没有再伤害他，但是恐怕伤害其实早就发生了。而且现在我对福斯的眼睛也感到很抱歉，是我给弄瞎的，就在那次。他很善良，还肯帮助卡莉卡，而且我看得出来，这耗尽了他的力气，让他生病了。"

两只白色母猫互相凝视了片刻。然后索纳塔发出了嘶嘶的声音，尾巴高高竖起。

索尔特转身，纵身一跃，跳到了墙上。陶克希克紧随其后，也跳了上去。

随后，两只猫头也没有回地翻墙走了。

他们一走，索纳塔就开始用爪子和牙齿撕扯那株植物。小柔帮忙将它混进新鲜的雨水里。

他们将水轻轻地拍到福斯的伤口和他的鼻子上。

然后就是等待。

过了一会儿，他的爪子抽搐了一下。

索纳塔深深地吸了一口气。"福斯？福斯，我在这里。我是索纳塔。我抱着你，我保证。你现在可以放手，让这条性命去吧，还有一条性命在这里等着你，它会……"她不得不停顿一会儿，因为她那可爱温柔的声音已经支离破碎。"我保证你未来的生活是完美的。让它走吧，我接住你了，我会接住你的。"

在福斯的内心深处，很深很深的地方，他听到了索纳塔的声音。

"对，"他想，"那就是她，那就是我爱的那只猫。"

福斯放手让一条性命走了。

在他的内心深处，那些最绚烂、最轻柔的色彩，以及一切美好的情感都飞快闪过——从最初父母在回收中心养育他的记忆开始；到索纳塔跟着一辆拖斗车来到回收中心的那一天，就像他的母亲、他的祖母，还有他的曾祖母一样；再到自己与其他的猫都成为朋友。当然，狩猎的感觉也在，还有自己通过两只眼睛看世界的样子。

"我接到你了，亲爱的。"

她的声音又一次出现。那声音淹没了他的所有感官。那种奇怪的感觉开始消失。梦也消失了，沉沉的地心引力又重新回来了。

福斯对自己的父母说了再见，从月亮上转身回来。他想起了一件忘记的事，一件世界上最重要的事。

索纳塔用爪子揽住他，支撑着他抗过失去生命时失重的感觉。

福斯让那一条性命走了，然后重新感觉到自己的存在，一个更有生命力、更美好的存在。他睁开眼睛，发现一双明亮的蓝眼睛正在看着他,白色的爪子紧拥着他。

"噢,福斯,"索纳塔说,"我还以为会失去你。"

然后她坐在两只后爪上,捂住脸,哭了。福斯凝望着她的悲伤,所有这些悲伤都是为他而来。于是,他重新变回了自己曾经的模样——一只勇敢的猫,做了他唯一能做的事情。

他站起身来,用爪子紧紧地搂住索纳塔,把她搂得紧紧的。

"你永远不会失去我,"他说,"永远不会。"

第三十二章

请让我帮助你

一个月过去了,又一个月过去了,小柔和摩今在他们的新家过得非常开心。现在,福斯和索纳塔每时每刻都形影不离,在一起的时候,不是碰碰爪子,就是蹭蹭鼻子。霍雷肖时不时地来访,带来大海、河流和老朋友的消息。戴手套的人们添了几辆新货车,每辆车沿着两侧都有七个大小不同的货斗。他们非常高兴和自豪。所有的猫儿也被周围的快乐氛围感染了,更让他们高兴的是,这段时间他们一直没有看到烂猫。自从那天给福斯送来那株植物之后,烂猫们就一直待在他们自己那一边。

不过,有一天早上,天空变得昏暗,下起了倾盆大雨。猫儿们都向前折着耳朵,他们在铝铁罐区吃着早餐,这里刚刚运来一批废品,有很多新鲜的食物。但是这并没能让猫儿们兴奋起来,就连戴手套的人看起来也情绪不高。回收中心里非常安静，只有雨水敲打金属和玻璃的声音。

"这就是你们英国所谓的夏天吧，"玛梅雷德说，"现在要连着下九个月的雨了。如果你们需要我，就去我的衣柜下面找我，我就在那里休息。"

"哎，摩今，我真讨厌下雨。我要去杜的图书馆和索纳塔一起看书了。"小柔说。

但是摩今的鼻子翘了起来，他似乎正出神地盯着被风刮起的蓝色网子，网子下面是一堆堆被压得整整齐齐并且打包成块的易拉罐。

"再见。"摩今看着在雨中跑开的同伴们，心不在焉地说。他心里有一种感觉越来越强烈，这种感觉已经很长时间没有出现过了。这就是有谁需要他帮助的感觉。这种感觉让他觉得自己还是自己，一切都很好。

摩今抬起爪子跑进雨中。他的第六感拉着他往玻璃瓶罐区跑，快到的时候，他听到玻璃碰撞叮当作响的声音。声音是从一个叫作"玻璃一号"的巨大崭新蓝色桶中发出来的，但是周围并没有戴手套的人。

接着，出现了一个撕裂的耳朵。

"陶克希克！"

"黑猫。"

"请叫我摩今。你在这里做什么？"

"走开。"陶克希克说,但是他既没有跳起来攻击摩今,也没有离开。

摩今慢慢地接近他,陶克希克长长的后背弓了起来,弯弯曲曲的胡须根根直立起来,但是他紧紧抿着嘴,并且疼得闭上了双眼。

"你怎么了,陶克希克?"

陶克希克的耳朵向前耷拉着,而就在下一秒,他突然倒在了地上。"我被困住了。"

"怎么回事?"

"我正寻找食物的时候,他们往下倒了很多玻璃。我爬到了角落,但是有什么尖尖的东西扎进我的后爪里,只要我一动,就疼得厉害。"

"待着别动。"摩今说着,尾巴高高支起,纵身一跃,跳进桶里。

"我看到了,"他说,"噢,天哪,你被割破了,还在流血!别动,这个罐子碎了,你的爪子扎在了里面,这个罐子又被别的罐子压住了。我可以够到,你真的不要动。"摩今小心地把玻璃拔掉,陶克希克的爪子得救了。

陶克希克长久地盯着摩今。"谢谢你。"终于,他开口说道,"现在我要回到墙那边去了。"

"不行,"摩今说,"你的爪子被割破了,而且一直在流血,你需要那种会带来刺痛感的东西。还有一些事……如果你不介意我说出来的话。"

"什么?"

"你太瘦了,比以前更瘦了。"

陶克希克又一次低下了头。"我们那边有一种叫沼气的不好的气体。有些垃圾着火了,所以戴手套的人来了,在所有垃圾上面盖了一层薄土。现在那里没有什么可吃的了,所有的东西都被盖住了,大家都要饿晕了。"

"那太可怕了。我们有很多,请让我帮助你。"

"不用。"

"那就让我帮助你的朋友和家人吧。"

陶克希克抬起头。"好吧。"他最终说道。

"首先,我要去拿那种会带来刺痛感的东西,抹在你的爪子上,还要从纺织品区拿一些布来包扎你的爪子。然后我们去寻找食物,你可以叫他们过来吃,我给你们站岗。"

"你的朋友如果看到我们,会攻击我们的。我们太弱了,打斗的话毫无招架之力。"

"他们不会的。他们正在避雨。待会儿我会在电视和显示器区召集他们开会,那个地方正好在回收中心的另一边——你们过来吃东西就很安全了。"

两只猫找到了很多美味的食物，他们把食物藏在了墙脚下。摩今亲近地看着陶克希克。

"再见，我的朋友。"他说。

"再见，摩今。但是，如果你再见到我，请假装什么都没有发生过。"

"为什么？"

"这样是最好的。如果是在一个不同的世界、一个不同的情形下，我们能够相遇相识并且成为朋友的话，我会非常高兴的。但是，这是一场战争，有一天我可能不得不夺走你的一条性命。如果我们不是朋友，对我来说会更容易一些。"

"但是，拥有朋友比有敌人更有力量，敌人只想把你的生活弄糟。选择成为敌人就像是为你的九条性命选择了所有的坏气味和坏味道。为什么有的猫要这样做呢？"

"我们从来没有期待过战争，但我们生来就被卷入其中。我的女儿卡莉卡永远不会知道生活是多么丰富多彩，但是她的母亲和我让她相信，我们那边就很好了。"陶克希克扬起弯弯曲曲的胡须，"这就是为什么我们要打斗——我们想为女儿创造更美好的生活。但是，你救了她，我们欠了你的债，所以我们不会再来这边打架了。"

"我很高兴，因为我是你的朋友了。即使有一天你必须取走我的一条性命，你也依然是我的朋友。这一点不会改变。

你不必为了回报我而说你是我的朋友,但你不能阻止我成为你的朋友。现在你走吧,我回去召集他们到回收中心那边远远的地方去。以后每天我都会在这个地方留下一些食物,请过来吃吧。"

"谢谢你,摩今。"

于是,月光之猫摩今目送着他的朋友陶克希克一溜烟地跑开了,消失在隔开他们的墙的那一边。

Chapter 33
第三十三章

一只猫的使命

一天下午,一片叶子被风吹了过来,黏到了摩今的鼻子上。小柔笑着拂走了叶子。

"今天的空气闻起来跟以往不同,摩今,你不觉得吗?就像湿湿的叶子和寒冷的爪子,还有兴奋的感觉。"她说。

"是的,确实。"摩今表示同意,"但是这意味着什么呢?我从来没有闻到过这种气味。"

"秋天来了。"索纳塔微笑着说,"不久,将迎来收获月[1],月亮的颜色跟福斯的毛一样。然后就是十一月了,还有就是动物们都害怕的那个夜晚。那个时候,到处是砰砰的巨响和爆炸声,天空也会被火光和各种色彩点亮。那是人类做的一些事。"

---

[1] 收获月(Harvest Moon),指最靠近秋分时出现的满月。——译者注

"那些声音让动物们非常不安,"玛梅雷德说,"它提醒着我们的第六感所有可能发生的不好的事情。我们内心深处都有对这些东西的记忆。这些记忆在猫类代代相传。对于猫类来说,那可不是一个美好的夜晚。"

"这听起来确实太可怕了。"小柔说。

"确实是。"福斯表示同意,"到那天晚上,我们会藏到纸箱里,就跟去年一样。在那里我们会感到更安全一些。

"是的。"索纳塔说。

"同意。"摩今附和道,但是心里却在想自己可能会离开纸箱,偷偷出来看看那被各种色彩点亮的夜空。

又是一个星期二,猫儿们都朝着报纸区走了过去。到达后,他们在地上整齐地坐好,看着杜。

杜看起来非常严肃。

"今天有大新闻,最大的新闻。"

"哇!"猫儿们惊叹道,都把耳朵向前支了起来。

"垃圾场将变身自然公园!" 杜举起报纸宣布。

"呀!"所有的猫吸了一口气。

"快看,福斯!我能看到你从箱子里偷偷往外看。"索纳塔说,"报纸里还有戴手套的人里被叫作施工现场经理的那个重要人物。"

"他在这张照片里看起来挺气派的。他没有穿那套橙色的衣服。"玛梅雷德说。

"这意味着什么呢，杜？"摩今问，"新闻里讲什么了？是个好消息吗？"

"是最好的消息。"杜清了清嗓子，开始朗读起来：

"在一个全新的环境修护项目中，与斯塔克罗斯海边回收中心相邻的梅克沼泽垃圾场将要变身成为一个蓬勃发展的绿色空间。当地居民，包括著名的自然学家诺拉·安德鲁夫人，此前一直都在呼吁将该垃圾场改造成绿地。建筑规划——参见第四、第五版——包括一个观鸟天堂、数条步行栈道和一个植物园。该项目已获得一千万英镑的环保绿色基金，即将于近期开工。施工现场经理杰瑞·马丁说：'目前计划首先使用挖掘机清理地面，将现有的所有垃圾清运走，进行填埋。然后将土地整平，用黏土和地表土填充、覆盖地面。最后进行绿化。据估计，自然公园将在十五年内建成。这对本地社区来说是一个很好的结果。'"

"万岁！"猫儿们欢呼着，尾巴竖了起来。

"挖掘机？"摩今说，小柔将一只爪子放到了他的身上，"那另一侧的猫怎么办呢?"

"别担心,摩今。"杜说,"人类看到烂猫,会给动物保护协会打电话的,人们会把他们抓起来,给他们重新安排一个新家。"

"但是如果他们看不到呢?挖垃圾的时候,噪声很大,垃圾又多,如果他们根本看不到怎么办?或者即使他们看到了,可是没有将他们分到一起怎么办?动物保护协会的人把他们安置在不同的家庭怎么办?"摩今想起自己跟小柔仅仅分开了半个月,就已经是多么伤心。他想象着陶克希克和索尔特最后一次看着他们的宝贝卡莉卡的时刻。他想象着卡莉卡被温柔的手抱了起来,从爸爸妈妈的身边被带走。卡莉卡可是从来没有过主人,一直生活在野外的。

摩今心如刀绞,一切都变得支离破碎,黑暗淹没了他的感官。

紧接着,就在下一刻,在那一片黑暗中,一颗小小的种子发芽了。那是一个主意的种子。他环顾四周,看着他的朋友们。他知道他们都是善良的,他知道他们只是需要思考,就像小柔曾经告诉自己的那样。他们需要思考,需要了解三思而后行的重要性,而不是第一反应是什么,就是什么。如果你让花儿生长,就可以结出果实。不是有很多动物变身和植物生长的故事吗,比如,饥饿的毛毛虫如果吃正确的东西,就会变成蝴蝶。摩今知道他只是需要找到一个方法来向他的朋友们解释,如果他找到了,他们就可能打开大门,迎接和平。

他立即知道自己当下要做什么了。

其他的猫都讨论着这个消息离开了,小柔则紧紧地靠着摩今。

"我知道我为什么会来到这里了,小柔。"

"嗯,"她说,"我也知道。"

"那些可怜的猫,他们的家将被铲平。挖掘机将开过来,带走所有的垃圾。巨大的挖掘机可能会压死一只猫,而人们却根本不知道。"

"摩今?"

"嗯,小柔?"

"如果有谁能找到办法,那就是你。我们一直知道你的使命就是帮助别人。月神也知道——很久之前我在你的第六感中读到的,就是你从海堤上摔下来的那天。"

"谢谢你,小柔。"

她跟他蹭了蹭鼻子。"如果有办法的话,你一定会找到的。"接着她微笑着,支着乳烟色的尾巴走开了,留下摩今自己陷入了沉思。

Chapter 34
第三十四章
一个非常美丽的家

"陶克希克是我的朋友,他不会伤害我的。"摩今第二天晚上跟小柔说。

"我知道你一直在帮助他,但我还是不确定。"小柔说,"想到你去那边,我就不舒服。让我去告诉大家吧,万一你需要帮助,我们可以有所准备。我们可以在墙头上观察。噢,我可不想失去你,摩今。"

"你不会失去我的,小柔,"摩今说,"我保证。你知道这是我注定要做的。"

"我知道,摩今,但是这并没有减少我的担心。我可以和你一起去吗?"

"不,如果我们两个一起,他们可能就不信任我们了。这是一件必须由我单独去做的事。请不要担心。"

摩今跃过墙头,朝着猫巷轻轻走去。卡莉卡像一个如月光一样皎洁的小球，一下子跳到了他的身上。

"天啊！我一直在等着见到你。"她大叫，"我就知道你会来！谢谢你救了我。我一直想对你说谢谢，而且爸爸说是你把食物给我们放到墙边上，还在安全的时候叫我们过去吃的。"

"是的，就是我。我很高兴，你已经长这么大了，卡莉卡！"

"我就知道！我现在已经不是一只小猫啦。"

"你好吗？你的尾巴怎么样了？"

卡莉卡转了一圈："你看，完全好了。你能来参观，我真是太兴奋了！我已经问了妈咪和爸爸一百次你能不能来了。"

摩今的第六感感到一阵阵刺痛，他看到索尔特小心翼翼地走上前来。

"噢，妈咪，我们可以带摩今去看看我们的家吗？一个非常漂亮的家。"

索尔特看着她的小猫咪，用鼻子碰了碰她。"谢谢你的好意，亲爱的，但那个家只有我们的同类才能去。"

"但摩今是我们的同类啊，妈咪。看！他是一只猫。"

摩今看着索尔特："很荣幸我能去拜访你的家。"

"那好吧。"她说，"这边走。"

他们转过身去，沿着猫巷，一路走到了烂猫的家中。

破箱子、塑料碗，以及有很多划痕的旧容器，这些东西乱七八糟地堆放在一起。还有一些收集雨水的桶，但是里面的水看起来很脏。

"在这里。"索尔特说着推开了一块盖在一个大箱子上的幕帘。

那里是彻彻底底的黑暗,里面有八双放着光的眼睛注视着摩今。里面传出来嘶嘶的叫声。闻起来像是夜间的味道,是蜘蛛生活的秘密角落的味道,还有甜味,一切都是一起涌上前来的——和福斯那次可怕的发烧时散发出的味道一样。有那么一刻,摩今想起了酒吧里的地窖,他的心里充满了对小柔的思念。

"以月亮的名义,你在干什么,索尔特,为什么把他带到这儿来?"火卫一福波斯出现在门口问道。很显然,他正在努力压制着不让自己亮出爪钩。

"黑猫不应该在这里。"里面传来兰花奥奇德好听的声音。

"我想看看你们住在哪里,我想要你们知道我是尊重你们

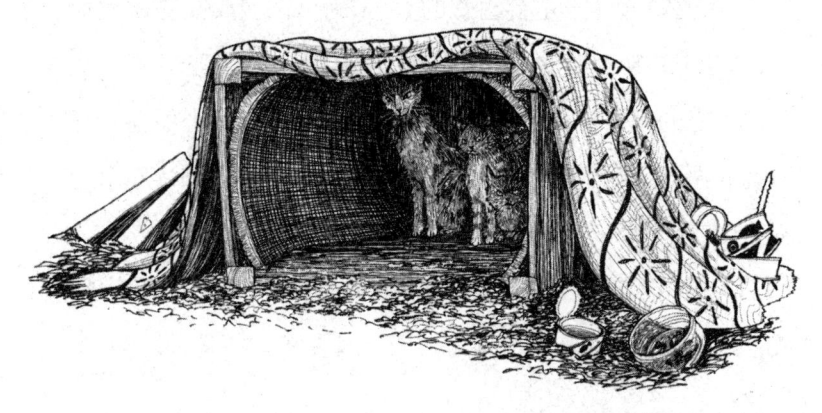

的。"摩今回答道。

"这里欢迎他。"陶克希克说着走出了阴影,和福波斯并肩站着,"他就是为我们留下食物的那只猫。"

陶克希克看着摩今,脸上满是善意。他并没有说出"朋友"之类的话,但是他们周围的空气里充满了友好的气氛。

"进来吧,摩今。看看这里多么美丽!"卡莉卡踮着脚尖蹦蹦跳跳地说。

摩今走进去,环顾四周。他的心立刻陷入了悲伤。"是的,卡莉卡,这是一个非常美丽的家,充满了爱。"

他必须转过身去把脸藏起来。他假装自己正在研究盖在顶棚上防雨的脏旧地毯,但是他真正要隐藏的是愤怒。

这是最糟糕的一种愤怒——他对自己感到愤怒。

他做得远远不够。他一直快乐地生活在他那一边,而这一边的猫却一无所有、忍饥挨饿。

"我就知道你一定会喜欢的。"卡莉卡四只脚蹦蹦跳跳地说,"这里有特别多的气味和味道,但你一定要小心。你不能喝地面上的水,你迈步时必须小心。不过你可以玩如何躲开甲烷的游戏,它们有时从地面喷出来。这很有趣——你永远不会知道什么时候会发生!"

"陶克希克、索尔特,我必须和你们谈谈,"摩今说,"拜托了。有没有一个私密的地方我们可以去?"

那两只猫彼此交换了下眼神,然后索尔特开口说道:"有的,有一个旧浴缸,我们通常在那里开会。在那里可以安全地坐着,因为脏东西都通过下水口漏下去了。这边走。"

摩今跟着两只猫穿过黑暗,来到浴缸处。他们坐好,整齐地折好尾巴。

"我是来告诉你们一件事的。"摩今开始说了。

"说吧。"陶克希克说。

"恐怕是个坏消息。墙这边——你们的家——将会变成一座自然公园。"

陶克希克和索尔特面面相觑。"这是什么意思,摩今?"陶克希克问。

"这意味着很快挖掘机就会来清理掉所有的垃圾,你们的家将被铲除。那将是一个非常危险的时刻。"

索尔特叫了一声,把脸埋进了丈夫的脖子里。"啊!啊!我们能做什么?我们必须搬家,陶克希克。我们必须经过漫长而危险的旅程才能找到一个新家。"

"这件事什么时候开始?"陶克希克问。

"我想很快。"摩今说,他朝着漆黑的天空抬起鼻子,寻找着月亮,但是今天晚上的月亮躲在云彩里,没有出来帮助他,"但我不知道到底是什么时候。我们是在报纸上看到的,可是那上面没有说是什么时候。"

"所以可能会是任何一天？"陶克希克问。

"这正是我担心的。"摩今回答道，"所以我们的时间不多了。现在没有其他选择——我们必须在彼此之间缔造和平。"

"但是要怎么做呢？"索尔特问，声音里充满了忧虑。

"我有一个想法，"摩今说，"但是我需要你最珍贵的东西。"

索尔特朝着摩今眨了眨眼睛。"不。"她说。

"是的。"摩今说，"我需要借卡莉卡用一下。"

Chapter 35
第三十五章

这就是和平的感觉

在接近满月的夜晚,摩今召集了他的朋友们开会。他坐到了墙头上。

其他猫儿都坐在他面前,尾巴紧紧围着身体,眼睛闪闪发亮。

月亮在他背后注视着这一切。

在另一边的墙角下,摩今能感受到有两只猫忧心忡忡,还有另外一只兴奋不已。

"我的朋友们……"摩今开口说道,他低头看了看蓝猫、白猫、银灰色猫和虎斑纹猫。然后,他看向一旁的挚爱。她微笑着,他在她身上看到了信任。

"我希望向你们介绍我的一个朋友——卡莉卡。"

一阵蹦蹦跳跳的声音传来,卡莉卡出现在了墙头上。她的头上戴着花冠,那是用花儿和浆果编成的,都是她为了这个特殊的夜晚而尽力找到的。

"摩今!"玛梅雷德尖叫起来,"小心!来了一只烂猫!"

"噢,天哪!"卡莉卡说,她伤心地头向前一歪,花冠掉了。

"玛梅雷德,"摩今说,"卡莉卡不是烂猫。"

"你到底是什么意思,摩今?她就是一只烂猫,百分之百的,就像我是纯种的夏尔特猫一样。她的妈妈是索尔特,她的爸爸是陶克希克,她是一只彻头彻尾的烂猫。"玛梅雷德环顾四周,寻求着支持。

然而,福斯正为自己帮忙救出来的这只小猫的成长感到惊讶。他正在想,如果索纳塔有一只小猫的话,是否会像那只勇敢地坐在墙头上的小猫一样漂亮。她会白得发光吗?她的脸也会这么漂亮吗?内心深处,他知道她肯定会的。福斯仿佛看到了这么一只小猫,就在这里,就在他面前的月光之下……所以他几乎没有听到玛梅雷德的话,而且他肯定忘记了回答。

"玛梅雷德,"摩今的声音里带着气愤,"这是卡莉卡。她是一只小猫,就像你我小时候一样。"

小柔想起她一次遇见摩今时,他比一只小猫大不了多少,而且还饿着肚子,就像墙上的小猫一样。小柔知道,摩今肯定是要做这件事的,而且他也会成功说服他的朋友们,因为他是月光之猫摩今,他是一只与众不同的猫,他善良、勇敢,而且拥有月神的赐福。

但是现在她知道自己可以以某种方式来帮助他。小柔朝墙头举着爪子,往上看着,温柔地说:"卡莉卡,你想下来到我这里来吗?你知道吗,我今天忘记吃晚饭了,而且我真的很喜欢在半夜吃大餐呢!"

"当然啦!请带我一起去!听起来真是让人激动!"卡莉卡跳了下来。小柔用嘴巴叼起花冠重新给她戴在头上,接着卡莉卡跟着小柔消失在了箱子之间的阴影里。

摩今一直等待着她们走出了视线。

"我的朋友们,从现在起,任何一天——我们都不知道是什么时候——挖掘机都可能会过来,到墙的另一边去铲除垃圾、压平地面。"

"那很好。"玛梅雷德说,"今晚有一种可怕的气味,味道太大了。"

"如果我们明明知道我们的同类处在极端危险中,而我们还舒舒服服地坐在这里,那我们是什么猫啊?我们这边已经扩大了,每只猫都有足够大的空间,而且新回收车又带来了更多的食物,戴手套的人对我们都很友好。为什么我们不能缔造和平呢?为什么我们不能邀请其他猫住在这边呢?"

"因为战争一直都在。"玛梅雷德说,"这就是这个地方的历史。这很像法国的历史。"

"难道我们不觉得,是时候停止这一切了吗?现在甚至没有谁还记得这一切当初是因为什么而开始的。我们是想成为让战争继续传递下去的一代，直到对方被彻底摧毁才可以？还是说你们也想让自己的孩子记住你们是带来和平的一代？"

"可是塞奇怎么办呢？"玛梅雷德问，"他是我们的朋友，陶克希克杀死了他。"

"那是一次意外，玛梅雷德。"杜在阴影中说，"陶克希克解释过的。摩今，请继续。"

"为了缔造和平，我们必须学会说对不起。我们必须忘掉自己所做过的不好的事情，以及别人对我们所做过的不好的事情。这样我们才能变得更快乐，拥有更多的朋友，建设一个更美好的家园。"

"但是这很难忘掉。"玛梅雷德说。

"你可以试试吗，玛梅雷德？你能为了我们大家而尝试一下吗？"摩今问，"因为如果我们能缔造和平，我们就都赢了。"

"我想想，"玛梅雷德说，"给我点思考的时间。"

"我投和平一票。"杜说，"我只有一条性命了，如果能在这期间听到战争结束的消息，能知道小猫们都会在墙的这一边成长，小柔和摩今会教他们识字，我们回收中心的家将有一个幸福的未来，那将是我最后一次生命中最大的幸福。"

"福斯？"索纳塔安静地问。

"和平。"他说。

"你确定?"

他把爪子放到她的爪子上。"我确定,我非常确定,以我祖先的名义。摩今是正确的,他们是我的亲戚,我们曾经都是一个大家庭。我们可以再次成为一个——一个家庭。"他朝索纳塔美丽的面庞微笑着,她也微笑着回望着他。

就在这时,小柔和卡莉卡的身影从阴影中走了出来。

"谢谢。"卡莉卡说,"这是我吃过的最好吃的东西。你真好!请等一下,我想先告诉妈咪那是什么味道。我们从来没有吃过这样的东西。"

福斯轻声对索纳塔耳语道:"她很白,就像你一样。"

"她很可爱。"索纳塔回答说,"她和你有血缘关系。"

就在此刻,福斯大胆地产生了一些想法,虽然现在他还没有勇气说出来,但是他会的。

"卡莉卡,欢迎你随时到这里来找食物。"索纳塔用温柔的声音说。

"噢,谢谢!你让我想起了我的妈咪。但是我希望其他的猫也可以过来。"

玛梅雷德朝天空翻了翻橘色的眼睛。"好吧,摩今,我放弃了。争执还有什么意义呢?看看福斯的脸,看看他心旷神怡的样子,还有索纳塔也是。你赢了。战争结束了。让烂猫过来吧,他们可以在这边生活。"

"哇!"卡莉卡叫了起来,她的脚尖跳了起来,"您是当真的吗,美丽的蓝猫女士?"

"你的眼力不错。"玛梅雷德说,"我是认真的。我一直说到做到。"

"啊!谢谢您。"

"那么,猫儿们,如果同意,请举起你的爪子。"摩今说。

所有的猫都用三只爪子支撑着身体,举起了一只爪子。

"好。从今天开始,不再有烂猫、家猫或者野猫之分,我们都是猫类。我们彼此照应。我们周围有很多危险的事情,但是如果能够相互照应,我们都会变得更加强大。我们都住在同一个月亮之下。"

"真的?"卡莉卡看着其他猫问。

"真的。"索纳塔说。

"当然了。"杜说。他听起来很开心。

"对。"玛梅雷德说。

福斯点点头。"是的,"他说,"到应该原谅的时候了。"他看着摩今,露出了微笑。

"再见了,各位。"卡莉卡挥着白色的爪子说,"希望能尽快再见到你们。"

"再见,卡莉卡。"所有的猫一起喊道。

摩今和卡莉卡跳下墙,跳到焦急等待着的陶克希克和索尔特身旁，他们一直在仔细倾听着每一个字。

"你做到了。"陶克希克说。

"谢谢。"索尔特说着，紧紧抱住了她的孩子。

不过摩今并不需要感谢。他仰望着月亮，感受着月神的骄傲游走在自己全身的血脉中。

"和平，"他说，"这就是和平的感觉。"

他觉得这可能是所有的感觉中他最喜欢的感觉了。

"我喜欢这个夜晚。"之后在床垫区，摩今这样轻声对小柔说。

她伸出一只爪子握住了他的爪子。"我知道，摩今。今天晚上你展现了真正的自我，你就是为今晚而生的，我为你感到特别骄傲。"

"谢谢你，小柔。我也为你感到骄傲。这种感觉真棒。"他说，"那些猫会收拾好他们的宝物，明天就翻过墙到这边来。这样我们就都能在一起了。"

"噢，摩今，你完美地完成了月神的期望。"

"希望如此吧。晚安，小柔。"

"晚安，摩今。"

Chapter 36 第三十六章
里面是空的

或许是因为前一天晚上猫儿们都睡得太晚了,等到第二天霍雷肖嗷嗷地叫着降落到他们睡觉的床垫上时,他们都还在睡梦中。

"猫朋友们,我来是为了提醒你们,墙那边来了很多辆挖掘机,他们要清理猫巷了。"

所有的猫一下子全部坐了起来,竖起耳朵,他们听到了发动机的声音。不过,摩今已经站了起来。"我必须去救我的朋友。"

"摩今,"小柔说,"你不能去!太危险了!"

但是摩今已经跑开了。

在墙头上,他第一眼看到的是一辆高大的橘色挖掘机,挖掘机长着长长的脖子、长长的爪子,爪子的牙齿咬进地里,把垃圾高高铲起,然后转身,把它们倒进后面的挂斗里。后面紧跟着的是一辆车身上写着MAN[1]的巨大卡车,它朝着猫巷开了过去。两辆黄色的挖掘机正围着它前前后后地忙活着,愤怒地哗哗叫着,用它们锋利的爪子抓起垃圾,然后用长脖子将其高高扬起。两辆黄色挖掘机的前面都有巨大的铁耙子,它们所到之处,无一不被巨大的长着大钉子的轮子碾压而过。

一辆愤怒的橘色挖掘机转过身,朝着墙的方向开了过来,张着巨大的嘴巴,脖子朝着摩今高高扬起,所有的牙齿都锋利无比……

摩今朝着它跳了过去。

危急之中,他跳到了地上。

到处是恶臭,而且臭味比以前更大了,因为挖掘机把垃圾都翻开了。周围的噪声实在太大了,摩今根本没法利用自己的感官,不过摩今并没有关闭听觉系统,因为一辆后退的挖掘机正发出哗哗的声音,而一辆向前开的挖掘机则从喉咙里发出了原始的轰鸣声。摩今知道,他需要听到这些噪声,以保证自己的安全。

半条猫巷已经消失,被从地上铲起,铲走了。到处是哗哗声和轰鸣声,他必须很小心地不让自己被碾压到巨大的轮胎下面。

---

[1] MAN,世界著名重型卡车制造商德国曼集团的标志。——编者注

摩今心里想着他的朋友们——他们在哪里？他们是否在第一阵噪声传来时就跑掉了？他们是不是在哪里躲着呢？还是说已经太晚了？凑近之后，挖掘机的轮子看起来更是巨大无比——长着钉子的巨大轮胎甚至还会爬高。它们面前的一切东西都被铲起或者粉碎、铲起或者粉碎。

他必须集中所有的注意力，他必须用第六感来寻找朋友。一旦找到他们，他必须带他们安全跨过墙去。这是他的职责，这是月神的旨意。他的第六感很强，比以往任何时候都强，把他带向正确的方向，带领他和其他猫避免遇到危险，以最安全的方式回去。

但这里的一切都太臭了、太吵了、太混乱了。

他爪子下面的玻璃很锋利。成千上万块碎玻璃散落在各个地方，闪闪发着光。到处都是泄漏的或者燃烧着的有毒物质。现在连空气中都充满了微小的、危险的东西，刺激着他，让他打喷嚏。不过摩今知道，待会儿它们还会给自己带来伤害和刺痛，令自己流泪。

四周一片狼藉。

前面有一辆卡车开始向他驶来，是那辆写着 MAN 的大卡车。

然而，摩今闭上了眼睛。

他就静静地站在这一片混乱中，一动不动。

他知道，在他身后，小柔会从高墙上呼喊他的名字。他知道，在他前面，他的朋友可能已经被困住了，或者陷入了更糟的处境。他希望现在是夜晚，这样月亮就可以轻轻地照亮他的道路。但是现在没有时间来等待了。那些巨大的爪子随时都有可能从地上抓走一只猫，高高举起，然后将它埋到一堆瓦砾下面。那些巨大的轮胎也可能毫无知觉地压到一只猫，浑然不知自己把一个动物所有的性命都带走了，空留下一具尸体。就在正前方，摩今看见一团可怕的电线挡住了他的去路。

他将鼻子挪到电线下面,身子放低,蠕动着从另一侧钻了出来。

他仔细倾听着第六感的召唤,但是周围实在太吵了,又臭又乱。

此刻,摩今知道他没有别的选择。

他关掉了所有的感官,只留下第六感。

他跟着第六感往前奔跑。

摩今飞速跑到猫巷残存的部分。尽管路线不再清晰,周围看起来都变得一样,但是摩今能感觉到这就是那条通道——自 2001 年以来许多只猫走来走去的通道。通道的第一部分现在已经消失了——被清理了,但是并不彻底。所有装有液体的容器都被铲了起来,里面的液体洒出来了。所有那些被粉碎了的东西撒落出了锋利的碎片。还有一些很明显的东西掉了出来:压扁的足球、旧靴子和旧鞋子。

摩今的爪子穿过所有这些东西奔跑着。他一直跑,一直跑到他感觉又到了原来的猫巷时,才把视线收了回来。而在最深处,他能够看到猫儿们摇摇欲坠的家。它看起来很小,很脆弱。很容易,非常容易,被摧毁。

摩今跑过去。当他奔跑时,他打开了听觉,他听到身后挖掘机快速逼近的声音,就是那辆正在吞噬猫巷的挖掘机。他必须比它跑得更快,在它的牙齿咬住并铲起猫儿们的家之前跑到。摩今想起了卡莉卡,想起她踮着脚尖又蹦又跳地说:"这是一个多么美丽的家。""这里充满了爱。"摩今记得自己是这么说的,事实也确实如此。

然而,就在他到达塑料水桶边上的同时,一只巨大的爪子靠近了摩今,铲掉了他前面的土地。摩今刚好有机会跳到地毯边上往里看。

里面是空的。

他们不在那里。

他们逃走了。

他如释重负。"不在这里。"他想,"那么会在哪里呢?"

他向身后看去,就在这时,那只巨大的爪子又从上面下来了,把摩今从地上铲起,高高扬起,扔了出去。

Chapter 37
第三十七章

还有很长的路要走

摩今醒来的时候，周围一片寂静。正是黎明时分，天蒙蒙亮，这是猫儿们最喜欢的时光。他晃了晃身子，身上全是渣土。他检查了一下自己的尾巴、爪子、眼睛和耳朵，都好好的，哪里也没有破，不过有些情况已经变了。

又丢了两条性命。

一次就丢了两条。

他想起了小柔，能跟她在一起的时间又少了两条性命。现在他是一只剩五条性命的猫了，而她有八条。感觉不太够。

可怜的小柔。她肯定会很担心的。

他的头很痛，眼睛后面的部分特别疼，他一边揉着脖子上的白毛，一边安静地自言自语。

"我是月光之猫摩今。"为了安慰自己，他大声说了出来，"我可以做到的。只要我的朋友们都活着，我就会找到他们、解救他们。那样我丢掉的两条性命就不算什么，因为我会挽救更多生命。这正是月神所期盼的。"

摩今伸出一只爪子，并不确定自己会触碰到什么。他推了推，然后看到了皎洁的月光。他又推了推，跳起来，站在地上，看周围的状况。原来在此之前，他是被渣土埋起来了。

他甩了甩身上的毛，打了个喷嚏。

一只有五条性命的猫。

"五条，"他边走边想，"五条。"

然后他一边想着，一只猫用五条性命还可以做很多事情，一边继续前行。

他周围不断传来爆炸声。砰砰声一声接一声，腾空而起，刺激着他的感官。

他抬起头来向上看。在遥远的黑夜中，他看到金色出现了，仿佛生命一般闪闪发光，又像流水一样快乐地跌落，然后消失。紧接着，有什么红色的东西冲入了天空最高处，绚丽地绽放，持续几秒钟后，又消失了，夜空恢复了漆黑，仿佛什么都没有发生过一样。下一刻，天空的记忆又变了，现在是被一波绿色填满，明亮的绿色，就像摩今眼睛的颜色一样，绚丽地在空中停留了片刻。更多的光腾空而起，先是一种颜色，然后变成了另一种颜色。这些烟花打着转，好像被禁锢在圆圈里，追逐着自己的尾巴。

"哇！"摩今叫道，望着天空想要看到更多，因为天空很美，虽然周围的声音很吓人，令他的尾巴高高竖起，就连身上的毛发也根根直立。

他把耳朵向后贴着，继续向前跑，但是他跑起来爪子一跳一跳的，因为他很讨厌砰砰的声音。空气中弥漫着热气和火的味道，还有垃圾的味道——垃圾被人们翻了开来，长久以来被掩盖在地下的黑暗秘密被释放了出来。摩今把耳朵伸向星星，听他们演奏的音乐。无论周围的环境多么荒芜，他们的音乐是永恒的歌。但是周围又是那么吵闹，噪声实在太大，他不得不关闭了听觉，只听从自己的内心和第六感。

他想，他们不在猫巷里，我对此感到高兴，但他们能去哪儿呢？他在内心深处倾听着第六感和内心，感受着它们的引力，因为他知道本能和爱会帮助他找到朋友。

眼睛闭上，耳朵关闭，爪子抬起，胡须颤抖着，摩今慢慢地向前走，在一片寂静和漆黑中，慢慢地走着。他的肚子紧紧地缩着，防止碰到地上的烂泥。他小心翼翼地抬起爪子，跟着那微弱的引力，有什么东西，就在那里，那是一种最轻微的感觉，就像一丝触须轻扫过你面庞。也许这只是他的想象，他的头确实很痛。但是不是的，那是真的，的确有一种感觉。黑色的爪子抬起又落下，对于会踩到什么，摩今连想都没有想。他只是跟着那股引力，直到它越来越大，越来越强，从一丝触须慢慢变粗,越来越粗,更像一条绳子了。他想起了海边停泊的小船,想起了它们是怎样被拴住的,想起了自己第一次是如何跟小柔一起奔跑的,想起了自己是怎样在小柔不在的情况下丢掉了两条性命,想起了自己现在是多么头痛欲裂,情况是多么糟糕。很可能现在他又要丢掉一条性命了,但是不行,集中注意力,摩今,坚持下去。

引力越来越大,终于……

摩今停了下来。

他重新打开了所有感官。

他站在一个大坑边上。

坑底是一个浴缸,浴缸的一半被埋在了垃圾下面,有一条长长的虎斑纹的猫尾巴伸在外面。"陶克希克!"摩今大喊,"陶克希克!我找到你了!别担心,是我,摩今。我来了。"

他支起大黑尾巴,半跑半跳地沿着大坑的一侧跳了下去。夜空中,伴随着一阵绚丽多彩的喧嚣,星星们磕磕巴巴地演奏了起来。

摩今落到了浴缸上。他知道自己不可能举起它,所以他唯一希望的就是它被埋起来的地方是破损的,或者是以一个什么角度与地面倾斜支撑的。他开始挖。

挖啊,挖啊,终于他发现了一个洞,那是浴缸被丢下来时碎掉的一个缺口。透过这个洞,他可以看到朋友们的眼睛。

他们向他眨了眨眼。

他们还活着。

但是……

摩今加快速度,拉走了堵住入口的最后那些垃圾。然后,他伸出爪子,通过他创造的那块空间把索尔特、卡莉卡、奥奇德、阿黄和陶克希克拽了出来。

紧接着,摩今最后一次往黑暗中伸出爪子,他碰到了一只爪子,陶克希克帮他一起拉。然而,他们内心深处的第六感所怀疑的东西终究还是得到了验证。

福波斯一动不动。他琥珀色的眼睛朝上睁着,盯着挖掘机撞到他的方向。

所有的猫都哭了。

风在哀号。

夜晚凝固了。

星星们发出沉默的声音,穿过黑暗,彼此安慰着。

"他的性命全都没有了,"索尔特轻轻地说,"一次就带走了他所有的性命。然而一切抱怨都毫无意义。我们只能将勇敢的福波斯留在这里安静地长眠了。"

"他将永远都是一只年轻的猫,永远停留在英气焕发的年纪。"摩今说着,一边转过头去,想在这个被诅咒的地方找点什么美好的东西来纪念福波斯。

但是什么都没有,于是摩今抬起头望向月亮。

"噢,月神。"

他不需要再说些什么了。月亮升起,用她那柔和的光芒笼罩着福波斯。

所有的猫都立刻听到了她的话,在他们的体内,在他们的身边,在整个四周回荡。

"我将陪伴他度过那最长的旅程,带着他穿越梦想之间的巨大落差,跃升至更高的巅峰。"她说,"死亡不会持续。现在都走吧,小猫们。现在还没有轮到你们。你们还有很长的路要走,还有更多的性命去活。"

"噢,谢谢您,月神。"摩今说着鞠了一躬。

然后猫儿们都转身离开了,他们离开了自己的朋友,一起朝着那面曾将他们种族隔开的高墙走去。

然后,六只猫轻松地纵身一跃,高高地竖起尾巴,攀登了上去。

眨眼工夫,他们全都降落到了墙的另一侧。

第三十八章
最漂亮的颜色

"这么说可能很冒昧。"第二天早上,所有的猫都在吃早餐的时候,阿黄率先开口了,"不过你的眼睛真的是我所见过的最漂亮的。而且我现在知道你为什么叫橘子酱玛梅雷特了,这是我第一次吃橘子酱。你看——"他举起黏糊糊的爪子,"因为你的双眼完全就是一模一样的颜色,有着跟它一样的美丽,也有着像它一样的深邃。"

玛梅雷德停下早餐,呆住了。过了好一会儿她才说出话来。

"请再说一遍好吗?"她静静地问。

阿黄眼睛睁得很大,但是他又耐心地重复了一遍。

虽然这只黄猫是一边吃一边说的,但是他的话语实在是太动听了,玛梅雷德发现自己根本不在乎他的仪态如何。

最终,她摆了摆身上的双层毛大衣,抬起眼睛神采飞扬地再次看向他。

"先生,"她开口道,"你是说你能看到颜色?"

"我知道这有些怪。"阿黄说着又开始向一小罐凤尾鱼发起了进攻,"真麻烦,我的爪子伸不进去,我必须把它摔了。"

"别摔,那样会弄得一团糟的。这种罐子我们从上面打开,看到了吗?"

"噢,是啊,玛梅雷特。你真聪明,谢谢你!啊,真好吃!我们在那边可没有这么好吃的东西。我们常常一连几天也找不到吃的,只能饿着肚子。过去的日子太苦了,胃都享受不了这么好的食物。不过我相信以后会适应的,我的女士。"

"是啊,不过从今往后你要在这边生活了。所以刚才你是在说我的眼睛,你能看到它们确切的颜色?你刚刚说的都是真的吗?"

"噢,是的,玛梅雷特。第一次看到你的时候我还以为你是一只假猫呢。我还告诉了其他猫,我跟他们说:'一只蓝色的猫!'谁知道呢?说实话,我都以为自己是产生幻觉了。不过你确实是真实存在的。而且你真好闻,有种奇妙的味道。你的大衣颜色也很漂亮。但是你身上最棒的部分还是你的眼睛。它们看起来就像夕阳在天空中落到最低处时的样子,又像是有一端被堵住了的铜管一样,或者像你正在吃的橘子酱。真是最漂亮的颜色。"

"上帝呀,我真是不敢相信,你竟然能够看到颜色。"

"是的，我的女士，我确实可以看到，千真万确。"

"你是可以看到，但是我不是这个意思——我的意思是这太不可思议了。这是一种天赋，亲爱的，天赋！"

"哎，还从来没有人跟我说过我有天赋呢，他们都说我很傻。"

"你？傻？不，你一点也不傻。我认为你是天底下最聪明的猫，因为你懂得欣赏真正重要的东西。而真正重要的东西就是美丽。"

"这是我永远的乐趣，玛梅雷特。"

"这已经是第四次了，如果我们还想继续聊下去的话，我必须得纠正一下。是'玛梅雷德'，法语的发音，不是英语。结尾的时候，E是被吞掉的。"

"对不起，玛梅雷德？"阿黄说着，吞掉了最后那个E的发音。

"这次对了。那些形容我的眼睛的话，你现在能再说一遍吗？就跟刚才说的一模一样就可以。"

"第一遍你没有听到吗？"

"我耳朵很好，我向你保证。我是一只夏尔特猫，我们的听力都很好。只是已经很久很久没有人赞美过我眼睛的颜色了，自从我的主人去世之后就再没有过了。"

"很抱歉听到这个消息。我当然可以形容你的眼睛。"

"然后你可以再说说我大衣的颜色。"

"没问题。实际上,我可以永远谈论你大衣的颜色。"

"然后也许我们可以散着步去我的衣柜。我在那里藏了一些零食,我很愿意和朋友分享。"

"朋友?"

"是的。"

"好吧。那么,没错,我当然可以形容你的颜色。让我想想。看着我,我会做到最好的。你的眼睛……"

"是什么声音?"索纳塔问,"真是美妙。"

"哦,那是我妈妈在唱歌。"卡莉卡舔着爪子说,"她无时无刻不在唱歌。"

"哦,是吗?"索纳塔说。

"是啊,她非常有音乐天赋的,她最大的心愿就是组建一支合唱队。"

"合唱队?"

"嗯,一支猫合唱队,但是在我们那边没有一只猫唱歌唱得好。你会唱歌吗,索纳塔?"

"噢,当然啦,卡莉卡!唱歌是我最喜欢的事情了,因为我以前是一只教堂里的猫,我就是在音乐环绕的环境中长大的。福斯也很会唱歌,虽然他不愿承认,但是我最近有好多次看到他在傍晚对着月亮唱歌。"

"我爸爸来啦。"卡莉卡说,"他吹口哨吹得可好了!我爸爸和阿黄喜欢在一起吹口哨。在那边的时候他们两个经常一起吹口哨给我们听,让我们高兴。还有,奥奇德很会吹瓶子。你知道如果在瓶子里装满水,可以让瓶子发出不同的声音吗?"

"没错,我知道!我现在去找福斯,我们就可以组成猫合唱队和乐队了。杜的图书馆里有几页乐谱,所以他可以当指挥。太令人兴奋了!卡莉卡,你待在这儿别动,我去叫福斯和杜过来!"

"还有摩今和小柔。"卡莉卡说,"我可不想唱歌的时候没有他们。我们都参加吧,所有的猫。"

"没错。"索纳塔说着,停下来朝卡莉卡笑了笑,"所有的猫都一起,那一定会非常完美的。"

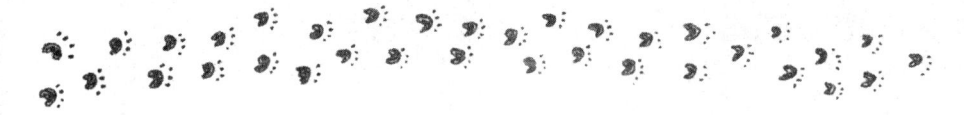

Chapter 39
第三十九章

我为你骄傲

这是一个非常特别的夜晚,在长夜月[1]的照耀之下,猫儿们聚集到出入口处,抬头看向新扩张区域的屋顶时,索纳塔和福斯正在那里对着月亮耳鬓厮磨,呢喃细语。

月亮低低地挂在空中,巨大而清冷。纯白精致的雪花飘飘洒洒,落到猫儿们的鼻子上。

"噢,摩今,你还记得吗?"小柔问。

"我当然记得。"摩今说,"那是我此生最幸福的夜晚。"

"我知道你有特殊的使命,摩今,现在你已经完成了。看看你的周围,看看每只猫多么幸福快乐。"

"但是如果没有你在我的身边,如果没有你教我的那些知识,如果不是你一直相信我,在我自己都怀疑自己的时候还

---

[1] 长夜月(Long-Night Moon),是指出现在12月份的满月。——编者注

是相信我——尤其是那个时候,如果没有这一切的话,我不可能做得到。"

"我喜欢我们在一起做的所有事情。你教会了我生活,这才是生活,我为你骄傲。"

"我也为你而骄傲。"

"现在的这种感觉,摩今,就是现在,我觉得幸福要溢出来了。但是我们是不是突然之间长大了?我们都还是小猫咪的日子仿佛就在昨天,我一直都没有感到有什么变化,但是现在看着我们俩,我才意识到我们长大了。这是怎么发生的呢?怎么会好像你眨眨眼睛,事情就起了变化呢?"

"有些事情没有变,小柔。"摩今说着,望向她的眼底。长夜月在他们耳后照出他们的轮廓:月亮大大的白色光圈内,呈现出一个 MM 的形状,还有两条高高支起的尾巴,像问号一样。摩今笑了,两只猫抬起头看着繁星点点的夜空。

"看,摩今,"小柔说,"他们将爪子放在了胸口。"

"现在他们跪下了!啊,看,他们闭上了眼睛,现在他们会感受到月神带给他们的美好感觉。"

月亮升起来了,所有的猫,无论是在高处还是低处,都沐浴在朦胧的月光下。他们看着福斯和索纳塔的剪影,福斯向索纳塔抬起了爪子。

"噢,我必须到屋顶那里去了,摩今。我和索尔特为他们的婚礼准备了一首歌来伴舞。"

乳烟色的身影一闪,小柔就不见了。没过多一会儿,她和索尔特就出现在了新扩张区域的屋顶上。她们昂起头,面对着长夜月唱起了歌,她们的歌声如此动听,就连星星们都加入了。然后,这些动物不约而同地奔向了那个已经不亮的破泛光灯,那里有准备好的大餐。

阿黄和玛梅雷德坐在一起,共同分享着一罐叫作"绅士的美味"的鱼子酱的残留部分。阿黄递给玛梅雷德一大盒寿司店的三文鱼和吞拿鱼。

"谢谢你,阿黄,你太体贴了。"

"里面有些沙拉和牛油果你得挑出来,剩下的就都很好吃了。"

"我就吃一点,也许就只吃点生鱼片。"玛梅雷德说着,用爪子抓起三片肥美的三文鱼,然后把盒子推到了杜身边,"我简直不敢相信,这些都只是刚过保质期两天而已。人类可真挑剔。啊,我的朋友霍雷肖来了!这里吃的多得是,足够我们每一个吃了,霍雷肖,不过这么晚了还能看到你出现真是让我感到吃惊。"

"啊哈,你们好,老伙计们!"霍雷肖说着降落下来,仔细收好翅膀。"哇,东西好多!是的,玛梅雷德,一般我这个时间都睡觉了,但是我可不想错过大餐。我可以吃吗?"

"亲爱的，随便吃，想吃多少吃多少。这是我的新朋友阿黄——我想你以前没有见过他。阿黄，这是霍雷肖。"

"你好，老兄。"

"见到你很高兴，伙伴。"

"阿黄能看到颜色，霍雷肖。你能相信吗？这可是大新闻。他能确切地看出我皮毛的颜色，还有我眼睛的颜色。他实在是进化得太好了。用我们法语来说，就是 très [1]。"

索纳塔正在挖一个里面有十个鱼子酱球的玻璃罐子。

"幸福吗？"福斯问。

"非常幸福。"索纳塔说，她再次温柔地碰了碰他的鼻子，因为她现在可以这么做了，永远都可以这么做了，所以她想自己会一直这么做下去。

福斯闭上了眼睛，索纳塔盯着这张世界上她最爱的脸，希望永远永远能带给他幸福。

卡莉卡四处跑来跑去，用鼻子闻东闻西地探索着世界，她那小小的爪印留在了各种各样的食物里。

她跑到摩今和小柔面前，说："噢，天哪，这边实在是太让我兴奋了，今天晚上的一切都那么美好！我都不敢相信月亮能有那么大！爸爸妈妈说，今天晚上我愿意待多晚就待多

---

[1] très，法语，意思是非常、很。——译者注

晚，不过只有今天晚上，因为对索纳塔和福斯来说，这是一个特别的夜晚。"

"这确实是一个很特别的夜晚。"小柔说。

"但是我希望还有别的小猫咪跟我一起来探索，那样生活就更美好了。啊！玛梅雷德在那，我必须去跟她说话了，她

在教我法语，我喜欢学习，那真的很有趣。再见啦！"

摩今和小柔看着卡莉卡跑开了，他们的爪子握在了一起，继而冰冷的鼻子也碰到了一起，他们把头埋在对方柔软的脖子里依偎着。摩今抬起一只爪子，小柔也抬了起来，在长夜月的光芒照耀下，他们翩然起舞。

Chapter 40 第四十章
朋友之间没有秘密

到了读新闻的时间了。所有的猫都静静地坐着,等待着。

"今天,我有几个新闻是要念给小柔听的。"杜说。

"哦?"小柔说着竖起了耳朵,"大新闻还是小新闻?"

"我想对于你来说是大新闻。"

"我很勇敢的。"小柔说,因为她发觉杜的声音有些颤抖,好像害怕伤害她的感情一样,"你可以念给大家一起听。我与朋友们之间没秘密。"

"很好,消息是这样的。"杜拿起报纸,"我想我应该没猜错——这是你的主人吗?"报纸展开了,上面有两幅照片。小柔发出了喵喵的叫声,摩今紧紧地靠着她。

"是。"她用最轻的声音说了出来。

"可怜的宝贝,那是她的主人。"

有一张照片拍摄的是灰猫餐厅,旁边写的是主厨和女儿塞西莉亚的故事。塞西莉亚坐在桌子旁,小柔看到桌子上她原来的篮子,篮子里有一只乳烟色的小猫。

"我妹妹!"小柔说,"那是我妹妹长大了!主厨肯定是带着我的主人重新回到了我出生的那座白房子里,这次她选了我妹妹!哇,这真是一个重大新闻,这真是一个重大新闻!"

摩今碰了碰她爪子上的那颗星星。"你的主人看起来很幸福。"

"是的,这让我也感到很幸福。我能保留这张照片吗,杜?"

"给你了。"

"我要把它贴在我的床垫上,这样我就可以随时看到我的主人了。她会一直在那里,她永远都是我的主人。"小柔伸出爪子轻轻碰了摩今一下,安静地说,"摩今?"

"怎么了,小柔?"

"还有一件事情,我也有新闻要说。"

"什么新闻?"

"咱们可以到别人听不到的地方吗?有件事我需要告诉你……"

"当然,可是到底是什么事呢?"

片刻之后,摩今搂住了小柔的脖子。"几个?"他温柔地问道。

小柔微笑着说:"我觉得是两个,因为我能感觉到八个小爪子。两只小猫咪,摩今。我们要有两个孩子了。"

"噢,小柔,我真的很爱你。"

"我也爱你,摩今,非常非常爱你。"

Epilogue

尾 声

"看他们玩得多好,摩今,我们的月亮小猫咪。"

"米默莎很像你,她跑得快极了。看她反应多敏捷——她肯定会是一个很好的打斗者,如果哪里还有架要打的话。看她多喜欢探索,就像以前的你,小柔。在我劝你跳过海堤之后,就再没有什么可以阻挡你了。"

"玛梅雷德今天早上告诉我,她在小家居用品区新设了一个游戏区,有一些铁环和隧道,玩起来很安全。还有几个比较高的地方,可以爬上爬下,还有一个区域可以玩平衡游戏。哦,她还找到了一个衣帽架,上面有很多金属的挂衣架,朝向不同的方向,所以他们可以在上面滑滑梯。杜在找书,他要为孩子们开一个图书馆。他已经找到了一本讲一只毛毛虫的书,那是我的最爱。另外还有一本讲一只没有名字的老鼠,一本讲一只胆小的猫头鹰,几本讲家猫的,还有一本全是讲野生动物的。这些书对他们来说非常有教育意义,我简直等不及要教所有的孩子认字了。卡莉卡很喜欢阅读,我的天,她现在的年龄肯定和你在酒吧刚开始跟我学认字的时候一样大。你还记得吗,摩今?"

"我怎么可能忘了呢?"

他们不加思考地碰了碰尾巴,然后两条尾巴缠在了一起。

"待会我要到冰箱冰柜区和阿黄碰面,他有一件事想听听我的意见,他说是私事。"

"你去吧,摩今。我会一直坐在高处,看着孩子们玩的。月神太仁慈了,她赐给了克里斯宾和米默莎白袜子,保护他们的爪子在外出玩耍时安全——你一眼就能看出来他们是兄妹。她还把一个迷你满月放在了米默莎的额头上……"一时间,两只猫都陷入了沉默,他们想起了月神的话。月神说过,米默莎会是与众不同的那个,她内心有与众不同的东西,但是她的父母不能告诉她。她说,等米默莎长大一些后,某一天她的内心可能会拉着她离开,而到那时,摩今和小柔不能阻止她。

"米默莎将是一名优秀的探险家,将会为猫类和整个世界做好事。当时间来临,当她的第六感和她的内心召唤她离开的时候,你们必须让她离开。

在她额头上的满月里,以及她前爪的一双白袜子上,我已经放进了对她的祝福。她将会遭遇小小的麻烦,然后又会轻松解决。"

"但她还会回来吗?"小柔问,"她还会回到我们回收中心的家吗?

"哦,那些事情都记录在星星上。"月神回答道,"只有星星知道。但是他们不会泄露天机,他们只会叮咚作响。克里斯宾很聪明,也很强壮。我把祝福放在了他的两只后爪上。米默莎是一个领导者,而他是一个好的跳跃者。时间和局势会告诉我们他最终会成长什么样。"

"噢，摩今。"小柔说着，发出了一个新的声音，仿佛快乐的鸣叫声，因为她现在拥有了一种全新的感觉，那就是妈妈，做妈妈的感觉是她有生以来最强烈的感觉。

"我知道。"摩今说，"噢，小柔，我知道。"

两只猫心里想着自己的小猫咪，小柔蹭着摩今脖子上的白圈。这样总会让她感觉好一点。然后她回头往下看。

"呀，看看谁来了！柏拉图遗传了索纳塔的白毛和福斯的黑色条纹，我真喜欢。看看他走路的姿势！他太可爱了——他像跳舞一样把脚高高抬起来，鼻子还一直指向天空。我还从未见过有哪只小猫的步伐如此轻快。他向上仰着脸，看起来真的很开心。"

小柔把她的爪子放在摩今的爪子上，他们看着月神赐予她的星星。

然后摩今又抬头看了看太阳。"到时间了，"他说，"我最好现在去见阿黄，看我能怎么帮他。"

小柔和摩今碰了碰鼻子，他们眨着眼睛，耳朵向前。然后小柔将尾巴围到自己身上，坐在箱子上。她低下头，看着她的月亮小猫在下面玩耍。然后，她跳过几个箱子，离他们更近了一些。她把自己藏了起来，希望他们的第六感还不够强，还不能感受到她，这样她就可以一直默默地看着他们了——看着他们不要让自己陷入麻烦，还要看住米默莎，防止她越过高墙,因为墙那边戴手套的人正在种树。

其实米默莎已经答应了不会过去的,所以真的应该相信她。只不过她实在太像她的父亲了。克里斯宾也是——地心引力对他来说几乎没有什么作用。

摩今高高地支着大尾巴,穿过回收中心。他抬头望着隐约可见的蛾眉月。白天的时候,蛾眉月的光不会很强,但有时也可以看到,今天就是这样一个可以看到的日子。摩今跳到绿箱子上,鞠了一躬,鼻子贴在绿箱子冰冷的金属上。寒冷的北风呼呼地刮过,吹拂着他的身体,吹皱了他脖子上的白色圆环。

"月神,"他开口说道,"我要感谢您。我有了小柔,有了我们的孩子,我们非常幸福。我一直尽自己的全力做一只善良的猫。我找到了一个家,现在我体内的召唤已经彻底消失了。事实上,我体内现在的召唤是让我留在这里。这是一个充满爱与幸福,还有友谊的地方。谢谢您的智慧,月神。您成功引导了我,希望有一天您也会引导克里斯宾和米默莎。"

白天的月亮没有强大到足以回应他,但是她听到了摩今的话,而这些话语也令她感到非常骄傲,为这只她曾经赐予名字的长着大尾巴的小黑猫而骄傲。

"我已经懂得了和平的力量,月神,您需要用它来让爱生长。而且我也懂得了爱。我是自己悟到这一切的。爱是不能教的,只能靠自己去感受,爱才会越来越强烈,越来越多。一旦你开始去爱,就很难停止。"

说完,月光之猫摩今抬头凝视了一会儿,然后眨了眨眼睛。"而我对此感到非常高兴。"

他再次鞠躬,然后从箱子上跳了下来。他知道还会有别的威胁或者别的东西召唤自己离开,但是现在,此时此刻,摩今感到非常幸福。

他感受到了一只猫能感受到的最极致的幸福。

猫也可以非常、非常幸福。

致 谢

这本书能够出版，我深感荣幸，我希望借此机会感谢我生命中很多重要的人，以及那些以各种方式帮助我成为一名作家的人。

我之所以会写出《一只猫的使命》，主要是因为我的朋友凯瑟琳·安德鲁斯，我总是缺乏自信，而她一直相信我。谢谢你，斯特加，我想再没有比你更漂亮、更忠诚的朋友了。现在我们终于有时间可以在热带风暴来临的时候一起去地中海俱乐部度假了，还可以听着库塔的歌一起跳舞，一起浮潜，一起跟鹈鹕说话。

我之所以会喜欢童书，要归功于我的母亲，所以这本书是写给她的。我母亲跟我说，我三岁的时候就希望自己以后成为一名作家，而这正是因为在我很小的时候她就培养我爱上了阅读。我一半的创造力来源于我亲爱的父亲，他是世界上最好的父亲。父母的爱是我一生的依靠，我对他们给我带来的幸福、他们给予我的无条件的信任心怀感激。我还要感谢我可爱的弟弟哈里、漂亮的妹妹赫米奥娜，感谢我可爱的侄女塞西莉亚，她喜欢海鸥，我在本书中借用了她的话。"这才是生活!"这句话就是从她口中说出来的。我全心全意爱着你们。

英国国家读写能力基金会的乔纳森·道格拉斯,听到你在台上朗诵我写出来的词句,我感到非常美好,也非常惊喜。你赋予了它们生命,我简直不敢相信是我写的。谢谢你给了我这次机会,也谢谢你的风趣幽默、善解人意,在我紧张的那天晚上,让我一直在笑。也谢谢你,安娜·琼斯,谢谢你提出这次参赛倡议。

感谢布卢姆斯伯里出版社可爱的人们:迷人的瑞贝卡·麦克娜丽,她一直对我成为一名作家抱有信心。这简直是件让人不敢相信的事情。我的责任编辑佐伊·格里菲次,他教给我怎样抓住故事的精髓,并且一直包容、鼓励我。我盼望着把你家的宝宝抱在怀里啦!感谢海伦·维克、汉娜·山德福德和泰拉·贝克做出的编辑工作以及精彩的评论。还有罗汉·伊森,谢谢你精美的插图,这些插图让这本书蓬荜生辉。

还有我的朋友——苏珊娜·加顿,你在印度的时候熬夜等着看我是否获奖。你兴奋极了,你是真正的朋友,你太懂我了。克莉丝·坎宁安,谢谢你送给我此生第一台电脑,并且告诉我要写作。你答应过要为我的一本书做插图的,别忘了哦!詹姆斯·米克,我的精神顾问以及我的蓝颜知己,你一直包容我,听了很多不得不听的话,并且一直对我抱有信心。你总是让我很开心,我们俩总是心有灵犀。希望我们能够永远这样。你对表情符号的运用简直是炉火纯青,亲爱的,而且技术一直在提升。萨曼莎·汤森德,谢谢你提供给我的各种信息,还有我们一起分享的每个小秘密。我爱我们的友谊。真高兴你能二十四小时都在（因为你也失眠）。邓肯·里维尔，谢谢你长久以来的友谊，谢谢你做好准备讨论尼采的格言，谢谢你对数学不好的人讲解第三定律——这是个事实。波利·费尔切——你可能不喜欢我这么说，但是你确实又可爱又漂亮。利妮·加洛韦——滴！如果我们从未认识过该会如何？你是一个多好的朋友，我很骄傲自己生命里有你。劳拉苏·罗威，谢谢你对我获奖的消息感到如此兴奋，谢谢你一直鼓励我。萨拉·劳斯，谢谢你这么多年来一直跟我一起写作，多少个夜晚我们一起在你家的地下厨房一起度过，一起吃着笑着，多少次坦诚聊天。爱你，还有西蒙、南希和霍普。谢谢露西·翁利，还有我的教女艾米丽。谢谢你们，罗杰·哈里斯、山姆和艾米丽·琼斯、娜塔莉亚·康特，谢谢你们同我一起在罗马度过的时光。

我在艾克赛特教会学校的孩子们，我爱你们每一个。但是在这里我必须要特别提到几个孩子：西莉亚·诺威尔、艾玛·墨菲、露西·菲茨帕特里克、哈里·菲什维克、弗朗赛西雅·费尔科、佛罗伦斯·里尔、莉齐·科德里克、苏珊娜·本森、霍利·桑顿、安娜·霍尔和鲁弗斯·斯塔尼尔。谢谢你们为我举办的惊喜派对，还有独角兽气球。谢谢你们的爱与支持。西莉亚，谢谢你能够成为这本书的第一个读者。谢谢你对这本书的信心。我已经尽力避免出现差劲的错误了——在某种程度上——尽管你还是能找出来。对于那些感叹号，我真的很抱歉。

我在艾克赛特教会学校的朋友们。你们都太好了。出色、幽默、充满智慧，就是你们。特别是你们，杰瑞·杰明和马丁·克罗克，萨拉·巴特勒·埃文斯，彭宁顿一家，尼格尔和达娜·巴格诺尔，露西·刘易斯（和你的衬衫裙），杰基·拉普瑞克、曼迪、本尼特以及可爱的T·波特！我还要感谢我们的新任好校长詹姆斯·费瑟斯通，谢谢你对我写作事业的支持，谢谢你向我保证"随时可以"。

感谢所有我在艾克赛特大学教的天才生，特别是凯蒂·布洛克瑟姆、露西亚·库马拉、利罗·亨德森、铠兰和沃尔夫冈·乔兰。当然，还有彻丽·多德维尔，过去十年我们一起在大学教书的日子里，是你一直鼓励我成为一名作家，谢谢你。

最后，我要感谢所有读到这本书的孩子，希望你们能够喜欢这本书。真的，如果你们喜欢，那是最好不过的了。

图书在版编目（CIP）数据

一只猫的使命／（英）艾玛·考克斯著；（英）罗翰·伊森绘；黄富慧译. —昆明：晨光出版社，2019.1（2025.5 重印）
ISBN 978-7-5414-9855-8

Ⅰ.①一… Ⅱ.①艾… ②罗… ③黄 Ⅲ.①儿童小说－长篇小说－英国－现代 Ⅳ.① I561.84

中国版本图书馆 CIP 数据核字（2018）第 207193 号

MALKIN MOONLIGHT
Text copyright©Emma Cox 2016
Illustrations copyright©Rohan Eason 2016
First published in Great Britain in July 2016 by Bloomsbury Publishing Plc
50 Bedford Square,Lodon WCIB 3DP
Simplified Chinese translation copyright© 2019 by Beijing Yutian Hanfeng Book Co.,Ltd
ALL RIGHTS RESERVED

著作权合同登记号　图字：23-2018-081 号

一只猫的使命

出 版 人　杨旭恒

作　　者	〔英〕艾玛·考克斯
绘　　者	〔英〕罗翰·伊森
翻　　译	黄富慧
项目策划	禹田文化
版权编辑	陈　甜
责任编辑	李　政
项目编辑	孙淑婧
装帧设计	沈秋阳

出　　版	晨光出版社
地　　址	昆明市环城西路 609 号新闻出版大楼
邮　　编	650034
发行电话	（010）88356856　88356858
印　　刷	北京润田金辉印刷有限公司
经　　销	各地新华书店
版　　次	2019 年 1 月第 1 版
印　　次	2025 年 5 月第 18 次印刷
开　　本	145mm×210mm　32 开
印　　张	8
ＩＳＢＮ	978-7-5414-9855-8
字　　数	140 千
定　　价	28.00 元

退换声明：若有印装质量问题，请及时和销售部门（010-88356856）联系退换。